百年

红色家书

品读

《百年红色家书品读》编写组◎编著

人民出版社

编 写 说 明

近日，党中央印发《关于在全党开展党史学习教育的通知》，对在全党开展党史学习教育作出部署。开展党史学习教育，是党中央立足党的百年历史新起点、统筹中华民族伟大复兴战略全局和世界百年未有之大变局、为动员全党全国满怀信心投身全面建设社会主义现代化国家而作出的重大决策。全党同志要做到学史明理、学史增信、学史崇德、学史力行，学党史、悟思想、办实事、开新局，以昂扬姿态奋力开启全面建设社会主义现代化国家新征程，以优异成绩迎接建党一百周年。品读百年红色家书，感悟革命前辈坚定的政治信仰和高尚的道德情操，是用好红色资源开展教育的实际行动，是学党史、讲党史、懂党史、用党史的有益举措，是深刻铭记党的百年光辉历程、提高政治觉悟、弘扬优良家风的重要工作。

为方便广大读者研读红色家书，我们组织选编了这本《百年红色家书品读》。本书的编写工作，有四方面情况需要加以说明。一是按党的光荣传统和优良作风有关板块进行选材和编排。从权威资料中精选50封含义深刻、情真意切的红色家书。根据信的主旨，把这些家书分放在信仰如铁、忠贞爱国、责重山岳、修身正己、琴瑟和鸣、深情厚谊、舐犊情深等7个板块中。为突出每封信最吸引人的思想内容，根据原文关键词句，拟出一个切合原意的标题。二是保持原貌。基本保持信的原貌，仅对原文存在的笔误作了订正。这些笔误及其订正，本身也是极少的。为保持阅读的流畅，这些订正不再专门注明。三是配写注释和品读。查阅权威历史资料，对信中出现的人物和事件作了简单注释。根据书信蕴含的思想，结合党史学习教育和家风建设的要求，配写简要的历史背景、主要内容和阅读体会。四是扩大覆盖面。设"延伸阅读"，精选 14 封革命前辈给同道师友的书信或自述随笔等。这 14 封信都是文采斐然、影响深远的作品，具有很强的可读性和教育意义。其中，李达致上海革命历史纪念馆、中央档案馆关于建党有关问题、一大二大有关事宜的 2 封信，记述了党的一大二大有关细节，对我们领悟铭记老一辈无产阶级革命家的建党初心，十分珍贵。全书 60 余封红色书信，均是革命先辈的亲笔信件，是宝贵的党史资料，对于我们回望党史源头、汲取信仰力量具有重要价值。限于水平，书中难免有疏漏和不当之处，恳请谅解并指正。

目 录

编写说明　　1

一、信仰如铁

非效法俄式之革命　不易收改革之效　　/ 3
——周恩来致表兄陈式周（1921 年 1 月 30 日）

书信原文　　/ 3

注释和品读　　/ 5

阅读感悟　　/ 7

为求主义实现而奋斗　为谋民众利益而牺牲　　/ 8
——王器民致妻子慧根（1927 年 6 月 28 日）

书信原文　　/ 8

注释和品读　　/ 9

阅读感悟　　/ 10

你会看到我们举过的红旗飘扬在祖国的蓝天　　/ 11
——夏明翰致母亲陈云凤（1928 年 3 月）

书信原文　　/ 11

注释和品读　　/ 11

阅读感悟　　/ 13

认定共产主义这个真理就甘愿抛头颅洒热血　　/ 14
——夏明翰致姐姐夏明玮等（1928 年 3 月）

书信原文　　/ 14

注释和品读　　/ 14

阅读感悟　/ 15

坚持革命继吾志　誓将真理传人寰　/ 16

——夏明翰致妻子郑家钧（1928 年 3 月）

书信原文　/ 16

注释和品读　/ 16

阅读感悟　/ 17

加入共产党是为工农无产阶级谋利益　/ 18

——江诗咏致父母亲（1930 年 5 月）

书信原文　/ 18

注释和品读　/ 19

阅读感悟　/ 20

说到死　本来我并不惧怕　/ 21

——杨开慧致堂弟杨开明（1929 年 3 月）

书信原文　/ 21

注释和品读　/ 22

阅读感悟　/ 24

请相信这一道路是光明伟大的　/ 25

——左权致叔父左铭三（1937 年 9 月 18 日）

书信原文　/ 25

注释和品读　/ 26

阅读感悟　/ 28

为天地存正气　为个人全人格　成仁取义此正其时　/ 29

——何功伟致父亲何楚瑛（1941 年 3 月 16 日）

书信原文　/ 29

注释和品读　/ 31

阅读感悟　/ 33

二、忠贞爱国

拯父老出诸水火　争国权以救危亡　　/ 37

——聂荣臻致父亲聂仕光等（1922 年 6 月 3 日）

书信原文　/ 37

注释和品读　/ 38

阅读感悟　/ 39

须知有国方有家也　　/ 40

——刘华给哥哥刘峰贤的电文（1925 年）

书信原文　/ 40

注释和品读　/ 40

阅读感悟　/ 41

我的死是为着社会、国家和人类　　/ 42

——史砚芬致弟弟妹妹（1928 年）

书信原文　/ 42

注释和品读　/ 43

阅读感悟　/ 44

生是为中国　死是为中国　　/ 45

——刘伯坚致妻嫂凤笙等（1935 年 3 月 16 日）

书信原文　/ 45

注释和品读　/ 46

阅读感悟　/ 48

三五年头敌定片甲不回也　　/ 49

——陈毅致父亲陈家余（1939 年 5 月 7 日）

书信原文　/ 49

注释和品读　/ 49

阅读感悟　/ 50

用自己的鲜血灌溉快将实现的乐园　/ 51

　　——李卡致未婚妻徐云及友人（1949 年 8 月 25 日）

书信原文　/ 51

注释和品读　/ 52

阅读感悟　/ 53

盼教以踏着父母之足迹　以建设新中国为志　为共产主义

　革命事业奋斗到底　/ 54

　　——江竹筠致亲友谭竹安（1949 年 8 月 27 日）

书信原文　/ 54

注释和品读　/ 55

阅读感悟　/ 56

三、责重山岳

要救中国最大多数的劳苦群众　/ 59

　　——俞秀松致父亲俞韵琴等（1923 年 1 月 10 日）

书信原文　/ 59

注释和品读　/ 60

阅读感悟　/ 61

救人民于涂炭　拼死力与国际帝国主义者相反抗　/ 62

　　——关向应致叔父关成顺（1924 年）

书信原文　/ 62

注释和品读　/ 64

阅读感悟　/ 65

此行也愿拼热血头颅　战死沙场以博一快　/ 66

　　——袁国平致母亲刘秀英（1927 年 5 月 25 日）

书信原文 ／66

注释和品读 ／67

阅读感悟 ／68

个人生命 早置度外 ／69

——王若飞致表姐夫熊铭青（1933年1月）

书信原文 ／69

注释和品读 ／70

阅读感悟 ／72

中国只有这一条光明大道 ／73

——吴玉章致侄子吴端甫（1944年12月8日）

书信原文 ／73

注释和品读 ／74

阅读感悟 ／75

国家未来的伟大前途寄托在你们青年一辈的身上 ／76

——邓发致堂弟邓碧群（1946年1月21日）

书信原文 ／76

注释和品读 ／77

阅读感悟 ／78

四、修身正己

绝不能为一身一家谋升官发财以愚懦子孙 ／81

——何叔衡致义子何新九（1929年2月3日）

书信原文 ／81

注释和品读 ／82

阅读感悟 ／83

你们如需我党录用 要比他人更耐苦更努力 ／84

——徐特立致女儿徐静涵（1949年8月）

书信原文 / 84

注释和品读 / 85

阅读感悟 / 87

一切按正常规矩办理　不要使政府为难 / 88

——毛泽东致妻兄杨开智（1949 年 10 月 9 日）

书信原文 / 88

注释和品读 / 88

阅读感悟 / 89

我没有"权力"没有"本钱"更没有"志向"来做扶助

亲戚高升的事 / 90

——毛岸英致表舅向三立（1949 年 10 月 24 日）

书信原文 / 90

注释和品读 / 92

阅读感悟 / 95

人民政府的法令　你们必须老老实实照办 / 96

——刘少奇致姐姐刘绍懿（1950 年 5 月 2 日）

书信原文 / 96

注释和品读 / 98

阅读感悟 / 100

五、琴瑟和鸣

我们宁愿玉碎却不愿瓦全 / 103

——陈觉致妻子赵云霄（1928 年 10 月 10 日）

书信原文 / 103

注释和品读 / 104

阅读感悟 / 105

我梦里也不能离你的印象 / 106

——瞿秋白致妻子杨之华（1929 年 7 月 15 日）

书信原文 / 106

注释和品读 / 107

阅读感悟 / 108

再带给你十几个字 / 109

——左权致妻子刘志兰（1942 年 5 月 22 日）

书信原文 / 109

注释和品读 / 110

阅读感悟 / 112

花前谈心 月下互勉 / 113

——彭雪枫致女友林颖（1941 年 9 月 14 日）

书信原文 / 113

注释和品读 / 116

阅读感悟 / 118

我精神上之重负第一大包袱算已解除 / 119

——徐向前致妻子黄杰（1948 年 5 月 22 日）

书信原文 / 119

注释和品读 / 120

阅读感悟 / 121

就是说我能回得比预定时间要早 / 122

——任弼时致妻子陈琮英等（1949 年 12 月 24 日）

书信原文 / 122

注释和品读 / 124

阅读感悟 / 126

盼你不要怪我好管闲事　　/ 127

——罗瑞卿致妻子郝治平（1950 年 2 月 24 日）

书信原文　/ 127

注释和品读　/ 128

阅读感悟　/ 129

海棠桃李均将盛装笑迎主人　　/ 130

——周恩来致妻子邓颖超（1951 年 3 月 17 日）

书信原文　/ 130

注释和品读　/ 131

阅读感悟　/ 132

去雨花台凭吊烈士　一时情不自禁潸然泪下　　/ 133

——陈赓致妻子傅涯（1957 年 3 月 8 日）

书信原文　/ 133

注释和品读　/ 134

阅读感悟　/ 136

六、深情厚谊

堂兄林修梅弥留仅语及国家大事　　/ 139

——林伯渠致堂叔林范心（1921 年 10 月 16 日）

书信原文　/ 139

注释和品读　/ 140

阅读感悟　/ 141

助弟妹等建立自然而有幸福的家庭　　/ 142

——恽代英致弟媳葛季膺（1923 年 6 月 19 日）

书信原文　/ 142

注释和品读　/ 144

阅读感悟　／145

知双亲一定挂念　但儿又何尝不惦念双亲　／146

——邓恩铭致父亲邓国琮（1924年5月8日）

书信原文　／146

注释和品读　／147

阅读感悟　／148

可以不时去看望两个可怜的孩子　／149

——陈潭秋致三哥陈春林、六哥陈伟如（1933年2月22日）

书信原文　／149

注释和品读　／150

阅读感悟　／152

以兄弟般的情谊对待人民教育人民　／153

——吴玉章致侄子林宇（1952年）

书信原文　／153

注释和品读　／154

阅读感悟　／155

七、舐犊情深

幸福绝不是天地鬼神赐给的　／159

——何叔衡致义子何新九（1929年8月3日）

书信原文　／159

注释和品读　／160

阅读感悟　／161

希望你不要忘记母亲是为国而牺牲的　／162

——赵一曼致儿子陈掖贤（1936年8月2日）

书信原文　／162

注释和品读　／162

阅读感悟　／164

趁着年纪尚轻　多向自然科学学习　／165

——毛泽东致儿子毛岸英等（1941年1月31日）

书信原文　／165

注释和品读　／166

阅读感悟　／167

脑力同体力都要同时并练为好　／168

——朱德致女儿朱敏（1943年10月28日）

书信原文　／168

注释和品读　／168

阅读感悟　／170

鼓起你的劲儿　踏上你的长路　／171

——叶剑英致女儿叶楚梅（1946年12月6日）

书信原文　／171

注释和品读　／172

阅读感悟　／173

为人民服务已成终身职业　／174

——罗荣桓致女儿罗玉英（1949年12月7日）

书信原文　／174

注释和品读　／175

阅读感悟　／176

同志式的善意的批评是对人的一种最好的帮助　／177

——刘少奇致儿子刘允若（1956年1月21日）

书信原文　／177

注释和品读　／184

阅读感悟　　/ 186

同群众看齐同吃同卧同劳动　　/ 187

——朱德致儿子朱琦（1965 年 4 月 9 日）

书信原文　　/ 187

注释和品读　　/ 188

阅读感悟　　/ 189

我万分欢喜　你要学习和看书了　　/ 190

——陈云致女儿陈伟华（1970 年 12 月 14 日）

书信原文　　/ 190

注释和品读　　/ 192

阅读感悟　　/ 193

延伸阅读

革命者必先顾虑国家前途而后及于自己　　/ 197

——蒋先云敬告本团官佐（1927 年 5 月 7 日）

书信原文　　/ 197

注释和品读　　/ 199

阅读感悟　　/ 200

为了全国人民的自由和解放　　/ 201

——周文雍法庭上的对白（1928 年）

书信原文　　/ 201

注释和品读　　/ 201

阅读感悟　　/ 203

每一个同志就义时都没有任何一点惧怕　　/ 204

——裘古怀致中国共产党和全体同志（1930 年 8 月 27 日）

书信原文　　/ 204

注释和品读 　/ 205

阅读感悟 　/ 206

可爱的中国（节选） 　/ 207

——方志敏致亲爱的朋友们（1935 年 5 月 2 日）

书信原文 　/ 207

注释和品读 　/ 213

阅读感悟 　/ 216

清贫（节选） 　/ 217

——方志敏狱中随笔（1935 年 5 月 26 日）

书信原文 　/ 217

注释和品读 　/ 218

阅读感悟 　/ 220

你是我二十年前的先生　现在仍然是我的先生 　/ 221

——毛泽东致徐特立（1937 年 1 月 30 日）

书信原文 　/ 221

注释和品读 　/ 222

阅读感悟 　/ 224

艰巨的岗位有你担负　千千万万的人心都向往着你 　/ 225

——周恩来致郭沫若（1946 年 12 月 31 日）

书信原文 　/ 225

注释和品读 　/ 226

阅读感悟 　/ 227

我以毕生至诚敬谨请求入党 　/ 228

——续范亭致毛泽东和中共中央（1947 年 9 月）

书信原文 　/ 228

注释和品读 　/ 229

阅读感悟 / 230

全国革命胜利在即 建设大计 亟待商筹 / 231

——毛泽东致宋庆龄（1949 年 6 月 19 日）

书信原文 / 231

注释和品读 / 231

阅读感悟 / 234

新中国建设有待于先生指教者正多 / 235

——周恩来致宋庆龄（1949 年 6 月 21 日）

书信原文 / 235

注释和品读 / 237

阅读感悟 / 237

我的"自白书" / 238

——陈然狱中写诗明志（1949 年）

书信原文 / 238

注释和品读 / 239

阅读感悟 / 240

对当年建党有关问题的具复 / 241

——李达致上海革命历史纪念馆（1954 年 2 月 23 日）

书信原文 / 241

注释和品读 / 244

阅读感悟 / 245

对一大二大参会代表和召开时间等有关事宜的逐条答复 / 246

——李达致中央档案馆（1959 年 9 月）

书信原文 / 246

注释和品读 / 248

阅读感悟 / 248

调查一个最坏的生产队　调查一个最好的生产队　／249
　　——毛泽东致田家英（1961 年 1 月 20 日）

　书信原文　／ 249

　注释和品读　／ 252

　阅读感悟　／ 254

主要参考文献　／ 255

一、信仰如铁

非效法俄式之革命　不易收改革之效

——周恩来致表兄陈式周（1921年1月30日）

 书信原文

式周表哥：

　　别仅三月，而东西相隔竟迢迢在三万里外，想念何如！出国后，途中曾数寄片，想均入览。抵欧后，以忙于观览、寄稿及交涉入学事，竟未得暇一报近状，仅于在巴黎时一寄贺年画片，歉殊甚也！

　　兄之来函，以本月中旬至，彼时弟至英伦已一旬余。来书语重心长，读之数遍，思潮起伏，恨不与兄作数日谈，一倾所怀。积思愈多，执笔亦愈迟缓，一函之报，竟至今日，得毋"望穿秋水"邪！

　　八弟事，归津作解决，亦良好。此等各人生活之道，总以自决为佳。彼盖勇于一时盛气，苦无持久力，不入纱厂，未始非彼之有见而然也。近来消息如何，来函中亦望提及为盼！

　　弟之思想，在今日本未大定，且既来欧洲猎取学术，初入异邦，更不敢有所自恃，有所论列。主要意旨，唯在求实学以谋自立，虔心考查以求了解彼邦社会真相暨解决诸道，而思所以应用之于吾民族间者；至若一定主义，固非今日以弟之浅学所敢认定者也。来书示我意志，固弟之夙愿也，但躁进与稳健之说，亦自难定。稳之极，为保守；躁之极，为暴动。然此亦有以保守成功者，如今日之英也；亦有以暴动成功者，如今日之苏维埃俄罗斯也。英之成功，在能以保守而整其步法，不改常态，而求渐进的改革；俄之成功，在能以暴动施其"迅雷不及掩耳"之手段，而收一洗旧弊之效。若在吾国，则积弊既深，似非效法俄式之革命，不易收改革之效；然强邻环处，动辄受制，暴动尤贻其口实，则又以稳进之说为有力矣。执此二者，取俄取英，弟原无成见，但以为与其各走极端，莫若得其中和以导国人。至实行之时，奋进之力，则弟终以为勇宜先也。以今日社会之麻木不仁，"惊骇物议"，虽易失败，然必于此中乃能求振发，是又弟所深信者也，还以质之吾兄，以为如何？

家庭一事，在今日最资学者讨论，意见百出，终无能执一说以绳天下者。诚以此种问题，非仅关系各个民族之伦理观念，人类爱情作用，属于神秘者多，其以科学方法据为讨论工具者，卒无以探情之本源也。惟分而论之，则爱情为一事，家庭又为一事。中国旧式家庭之不合时宜，不待论矣；即过渡时代暨理想中之欧美现今家庭，又何尝有甚坚固之理论与现象资为模仿邪？在国内时，或犹以为欧美家庭究较吾人高出多多，即今日与接触，方知昔日居常深思之恐惧，至今日固皆一一实现矣。盛倡家庭单一说者，其谓之何？惟哥幸勿误会，吾虽主无家庭之说，但非薄爱情者，爱情与家庭不能并论之见，吾持之甚坚。忆去岁被拘时，曾在狱中草一文，惜其稿为警厅人员所没收，不得资之以为讨论耳！即兄所谓"等量并进，辅翼同功，精神健越"，亦不外示爱情之可贵，固无以坚家庭之垒也。弟于此道常深思，有暇甚愿与兄有所深论，兹特其发端耳。过来人亦愿为之证其曲直是非邪？特嫌勾兄心事殊甚，是为过矣。

来书所论"衣食不敷，日求一饱且甚难，即朝朝叫嚣，何裨实际？"兄意以为衣食足后乃得言社会之改革，是诚然矣。然亦唯其"衣食不敷"，方必须"朝朝叫嚣"；衣食足者，恐未必理会"衣食不敷"者之所苦耳。且"衣食不敷"之人何罪，社会乃必使之至于冻饿至死而后已？彼不起而叫嚣，亦终其身为饿殍耳，是社会组织之不平，无法以易其叫嚣也。方今欧美日日喧腾社会之问题，即面包问题耳，阶级问题耳，俄且以是革命矣，德且以是革命矣，英、法、意、美亦以是而政治上呈不安宁之现象矣。是固兄之所谓叫嚣，而终不免于叫嚣也。愿兄有以深思之，当知不平现象中当然之结果，便如是而已。

自治之说渐亦邀有识之士所宣传，殆为九年来统一徒成"画饼"之反动。中央集权，本非大国所宜有，而中国民族性之庞杂，尤难期实现，故地方自治时也，亦势也。兄之宏愿在此，弟之愿固亦尝以此为嚆矢①，相得益彰，弟之幸也，何言河海行潦②？国内有何好消息关于此类事者，甚望时有以语我！

弟在此计划拟入大学读书三四年，然后再往美读书一年，而以暑中之暇至大陆游览。今方起首于此邦社会实况之考查，而民族心理尤为弟所注意者也。弟本拙于外国语言，谈不易收功，计惟苦读以偿之耳。学费当以得官费与译书两事期之，果均不可行者，或往法勤工耳。英伦地势之大，人口之多，为世界冠，因是交通机关虽便利，而读书则不甚相宜。数月后或往英北部苏格兰首都爱丁堡，亦未可知；至通信地址，则永久不变。

英国生活程度之高为各国冠，每年非中洋千元以上不易图存，其他消费尚不论也。

弟身体甚好，望放心！近状如何，时望来函告知！

匆匆报此，并颂

俪安！

弟　恩来

一九二一·一·三〇

⭐ 注释和品读

① 嚆矢，指响箭。因射箭时，声先于箭而到，比喻事物的开端。

② 河海行潦，指江河湖海的水混浊，比喻浊世。

这是周恩来赴欧洲求学三个月后写给表兄陈式周的一封信，谈了在欧洲求学的体会，反映了中国只有"效法俄式之革命"才能走向胜利的思想认识。选自《周恩来书信选集》，中央文献出版社 1988 年 1 月出版。

1920 年 11 月 7 日，周恩来远赴欧洲留学考察，探索救国救民的真理。在这封信中，他介绍了旅欧三个月的体会和思想认识。在这几个月中，周恩来本是思想"未大定"，但经过旅欧的学习和考察，初步确立了中国只有走上俄式革命道路才能摆脱困境的思想认识。在随后的一年左右，他在学习、信奉革命思想的道路上大踏步前进。最终提出"当信共产主义的原理"，选择了共产主义信仰，而且毕生奉行、矢志不移。可以说，这是周恩来走上革命道路之"最早的初心"。

这封信提出了一系列重要认识，乃是周恩来信仰共产主义的思想起步之处。第一，为什么要到欧洲去求学？他说，自己去欧洲"主要意旨，唯在求实学以谋自立，虔心考查以求了解彼邦社会真相暨解决诸道，而思所以应用之于吾民族间者"。实际就是为了探求解决社会问题之道，探求学问、确立信仰。第二，中国的出路在何方？在欧洲期间，周恩来采取各种方式广读博览，涉猎各种学说思潮，以审慎求真的态度"对于一切主义开始推求比较"。经过学习和思考，在比较了英、法、德、意、美、俄等国的发展道路的长短异同后，周恩来提出，"若在吾国，则积弊既深，似非效法俄式之革命，不易收改革之效"。之后一年，周恩来继续在思想信仰上大踏步向前，并最终选择了共产主义作为自己毕生的信仰。他说，"我们当信共产主义的原理和阶级革命与无产阶级专政两大原则"，"我认的主义一定是不变了，并且很坚决地要为他宣传奔走。"第三，如何克服困难开展学习。他深知妨碍自己求索的两大不利因素，一是语言，二是经费。对于语言关，他认为无非是两道：一求多读，一求多谈。对于经费问题，鉴于伦敦的生活费用太高，他只好转向消费水平较低的苏格兰首府爱丁堡的大学。后来，鉴于爱丁堡的消费比法国高出许多等缘故，为了节省经费，也为了更好地开展学习、交流思想，他又转赴中国留学生更多的法国，在那里勤工俭学。正是旅欧期间的思想抉择、革命实践和克勤克俭，使周恩来逐步由一个对救国救民真理孜孜以求的海外学子，成长为一个坚定信仰共产主义的革命家。

书信是情感真实流露的载体。阅读这封信，最主要的收获是了解周恩来的心路历程，把握他确立共产主义信仰、走上革命道路的思想起点，从中探寻和体会中国共产党人的初心。对信仰的追寻，一旦作出抉择，就要奉行终生。

 阅读
感悟

为求主义实现而奋斗
为谋民众利益而牺牲

——王器民① 致妻子慧根②（1927 年 6 月 28 日）

✉ **书信原文**

我最念的爱妻慧根：

你夫阿器遗言，六月廿八日。

"为求主义实现而奋斗，为谋民众利益而牺牲。"自我立志革命，参加实际工作以来，这二句已成誓词。这回谋害我者不料出于三十九团周曾辈，虽然未免有遗憾！但是革命分子既抱定以上二句誓词，即牺牲又有什么紧要。况且佛家有说过"自己无入地狱，叫谁入地狱"。革命分子如无肯牺牲，革命是没有成功的日子。我是为大多数人谋利益而牺牲，我的革命目的达到了。惟是对你很对不住，因为数年与你艰艰苦苦，我用全副精神为革命而努力，没有和你享过一日的安闲快乐的日子，我们夫妻可谓因国而忘家，为公而忘私呵！你虽然体谅我，而我终是觉得对不住呢。

亲爱的慧根！我和你做夫妻是生生世世的，在精神，不在形体，我苟牺牲了后，你应紧记着我的遗嘱，那我就瞑目了：（一）不要悲伤损害你的身体，打起精神来继续我的遗志！（二）打破旧礼教，用锐利眼光，细心考察，找有良心、富于革命性的男性，和你共同生活，就是我的好朋友也是不妨，但是总要靠得住，能继续我的遗志，就好了。（三）觉权③设法教育他，引导他继续我的革命事业，勿致他堕落，跑反革命那条路上去，这是你要负责任的啊！（四）所有的书籍以及各像片保存着，给与觉权，做革命遗教。（五）我狱中抄二本简，一是"冤墨"，一是"磨筋录"，我的经过的事略及入狱的原委均书明。慧根呀！我不忍说了，继我志呵！继我志呵！

⭐ 注释和品读

①王器民（1892—1927），又名王连斋，海南琼东县人。1919年考进上海水产专科学校，酷爱阅读进步书刊，用心研究中国社会问题，积极寻求真理。五四运动后，返琼从事学运工作，组织进步书刊巡回阅览社、到各地向青年学生传播革命思想，掀起海南青年运动的高潮。1921年参与创办《琼崖旬刊》，以革新琼崖为宗旨，提倡民主科学，宣传马克思主义和新思想。组织剧社，编写和演出进步剧本，推动了琼崖人民的新觉悟。1922年秋加入中国共产党。1923年赴广州参与创办《新琼崖评论》，呼吁琼崖人民奋起自救。1925年秋，受党组织委派到国民革命军任第四军第十三师政治部主任，积极开展组织宣传工作。1927年四一二反革命政变后不幸被捕。7月初，被敌人杀害于江门市，时年35岁。临刑前，给妻子写下"为求主义实现而奋斗，为谋民众利益而牺牲"的铮铮豪言。

②慧根，即王器民之妻高慧根，也是一位坚定的革命者。原籍海南琼山县，广东早期妇女运动的先驱，曾任广东妇女解放协会执行委员。

③觉权，即王器民之子。

这是王器民临刑前写给爱妻的诀别信，表达了把全副精神和生命投身革命事业的家国情怀。四一二反革命政变后，王器民不幸被反动派逮捕，关进江门市监狱。王器民虽身陷囹圄，但仍同敌人进行顽强的斗争。面对敌人的严刑拷打，他始终坚贞不屈，严词痛斥反动派。在狱中，他写了《冤墨》《磨筋录》两本小册子，痛斥国民党的反动行径，抱定必死的决心给妻子高慧根写下了这封情真意切的遗书。

阅读全信，王器民追求真理、守护亲情的形象跃然纸上。这位柔情铁汉，对缤纷世界、对妻儿万般不舍，但在死亡面前，他依然选择为"主义"而战，向爱妻发出革命到底、至死不渝的心底呼唤："继我志！继我志！"这封信，浸透着信仰的力量，开篇就振聋发聩地发出了"为求主义实现而奋斗，为谋民众利益而牺牲"铮铮誓言，表达革命者视死如归的勇气和"我不入地狱谁入地狱"的大无畏精神。同时又散发着浓烈的人性光辉。该信虽然是就义前的绝笔，但行文清晰，娓娓道来，深情倾诉。作者笔力精湛，真情控诉穿透百年光阴，在我们面前展现出了一个情似海深、大义凛然的铁血男儿的光辉形象。革命党人同样挚爱亲人、同样珍惜情义，但是，为了信仰他们宁可献出生命，为了民族解放他们宁可牺牲小家。

这是一封情动天地的家书，全信理重义深、情真意切，句句散发着革命烈士的坚定信仰和人性光芒，是百年党史中舍生取义的精彩篇章。这样的红色家书，我们要在建党纪念的重要时节倾心朗诵、深情缅怀。

阅读
感悟

你会看到我们举过的红旗
飘扬在祖国的蓝天

——夏明翰① 致母亲陈云凤（1928年3月）

✉ 书信原文

你用慈母的心抚育了我的童年，你用优秀古典诗词开拓了我的心田。

爷爷骂我、关我，反动派又将我百般熬煎。亲爱的妈妈，你和他们从来是格格不入的。你只教儿为民除害、为国锄奸。在我和弟弟妹妹投身革命的关键时刻，你给了我们精神上的关心、物质上的支持。

亲爱的妈妈，别难过，别呜咽，别让子规啼血② 蒙了眼，别用泪水送儿别人间。儿女不见妈妈两鬓白，但相信你会看到我们举过的红旗飘扬在祖国的蓝天！

★ 注释和品读

① 夏明翰 (1900—1928)，祖籍湖南衡山县，生于湖北秭归。1917年，出身豪绅家庭的夏明翰违背祖父心愿报考新式学校。五四运动中，响应湖南省学联的号召，声援北京学生反帝反封建的爱国斗争。1920

年秋，到长沙后结识毛泽东，成为毛泽东创办的湖南自修大学的第一批学员。1921年冬，经毛泽东、何叔衡介绍，加入中国共产党。入党后，夏明翰在长沙从事工人运动，参与领导了人力车工人罢工斗争。1924年，担任中共湖南省委委员、农民部部长。1927年春，任全国农民协会秘书长兼武汉中央农民运动讲习所秘书长。同年6月，回湖南任省委委员兼组织部部长。八七会议后，参与发动秋收起义。10月，兼任平（江）浏（阳）特委书记。1928年初，被调到湖北工作，任中共湖北省委常委。同年3月18日由于叛徒出卖在武汉被捕。3月20日，在汉口刑场牺牲，年仅28岁。

②"子规啼血"，语出《蜀王本纪》，常用以形容哀痛之极。传说古代蜀国国王杜宇禅位后，化作一只杜鹃鸟，每年春季叫唤人们"快快布谷"，啼得流出了血，洒在地上，变成杜鹃花。唐代诗人李白在《宣城见杜鹃花》中写道："蜀国曾闻子规鸟，宣城还见杜鹃花。一叫一回肠一断，三春三月忆三巴。"

这是1928年3月夏明翰在狱中写给母亲陈云凤的信，表达了对母亲的拳拳爱心，体现了甘为革命牺牲生命的崇高精神。同年3月20日，夏明翰被敌人押送到汉口余记里刑场。牺牲前，他写下就义诗："砍头不要紧，只要主义真。杀了夏明翰，还有后来人。"这首著名诗篇，正气凛然、气壮山河，广为传诵，激励了一代又一代的共产党人。这首诗与他在狱中写给母亲、妻子、姐姐的信，在思想上高度一致。就义诗的思想，是对信的思想的进一步概括和升华。

夏明翰的祖父是晚清的官员，保留有浓厚的封建专制思想。母亲陈云凤，出身于清末官宦家庭，追求真理，博学多才，正直刚毅。她擅长诗书，思想开明，给参加革命的儿女以大力的支持。当夏明翰因投身革命被祖父断绝接济后，她变卖首饰予以支持。在家庭的熏陶和进步思想的引导下，夏明翰带领弟弟妹妹相继走上革命的道路。入狱后，夏明翰写给母亲的这封信，以高度浓缩的笔墨彰显了夏明翰光辉一生的历程，既表达了对封建专制思想的痛恨，表达了对反动派的憎恶，也表达了对母亲的拳拳挚爱，表达了头可断、血可流，主义不能丢的坚定信仰，表达了革命必胜的坚定决心。这封信和就义诗，很好地展示了一名优秀共产党员纯洁的党性和忠贞不渝的崇高品质。理想之光不灭，信念之光不熄。我们一定要铭记烈士的遗愿，永志不忘他们为之流血牺牲的伟大理想。

阅读
感悟

认定共产主义这个真理
就甘愿抛头颅洒热血

——夏明翰致姐姐夏明玮① 等（1928 年 3 月）

✉ **书信原文**

大姐为我坐监牢，外甥为我受株连，我们没有罪，我们要斗争，人该怎样做，路该怎样走，要有正确的答案。

我一生无遗憾，认定了共产主义这个为人类翻身解放造幸福的真理，就刀山敢上，火海敢闯，甘愿抛头颅，洒热血！

⭐ **注释和品读**

① 夏明玮，是夏明翰的大姐。受夏明翰影响，夏明翰的兄弟姐妹有多位走上革命道路，四妹夏明衡、五弟夏明震、七弟夏明霹，都是烈士。夏明玮的儿子邬依庄，在红军某部任指导员，在执行任务中牺牲。夏明翰一家人为革命事业作出了巨大的牺牲。

这是夏明翰 1928 年 3 月在监狱中写给姐姐夏明玮和她两个女儿的一封信，表达自己对共产主义的坚定信念，抒发对共产主义的无限忠诚，表明了视死如归的态度。选自《红色家书》，党建读物出版社 2016年 10 月出版。

这封写给姐姐的信，与他同一时期写给母亲、妻子的信和临刑前写的著名就义诗"砍头不要紧，只要主义真。杀了夏明翰，还有后来人"，在内容上互相呼应，在思想上高度一致。在这封信中，夏明翰坚定地阐明，宁可牺牲生命也绝不背叛自己的信仰。他申明，自己没有罪没有错，认定了正确的道路，就要坚定地走下去。他发出了铮铮誓言：认定了共产主义这个为人类翻身解放造幸福的真理，就刀山敢上，火海敢闯，就甘愿抛头颅洒热血，死而无憾。留下了这几篇感人肺腑的绝笔，怀着对党对共产主义的无限忠诚和对革命事业的无比热爱，为了中国人民的解放事业，夏明翰悲壮地牺牲了，时年仅 28 岁。这封信连同正气凛然的就义诗，都是夏明翰用热血谱成的革命战歌，激励无数"后来人"沿着共产主义的光明大道前赴后继，必将在一代又一代的共产党人心中永远传唱。

阅读感悟

坚持革命继吾志　誓将真理传人寰

——夏明翰致妻子郑家钧（1928年3月）

 书信原文

亲爱的夫人钧：

　　同志们曾说世上惟有家钧好，今日里才觉你是帼国贤。我一生无愁无泪无私念，你切莫悲悲凄凄泪涟涟。张眼望，这人世，几家夫妻偕老有百年。抛头颅、洒热血，明翰早已视等闲。"各取所需"终有日，革命事业代代传。红珠[1]留作相思念，赤云[2]孤苦望成全，坚持革命继吾志，誓将真理传人寰！

⭐ 注释和品读

①红珠，夏明翰曾赠予郑家钧一颗红珠，以寄相思。
②赤云，指夏明翰的女儿夏赤云。

　　这封信是夏明翰就义前写给妻子的遗书，是与给母亲、大姐的信同时撰写的。入狱前，1928年初，夏明翰告别妻子和刚出生的女儿来到武汉，部署"停止年关暴动"的计划。3月18日不幸被捕后，面对敌人的威逼利诱，他坚贞不屈，毫不为之所动。在得知生命即将结束时，他忍着伤痛，在阴暗潮湿的监狱里，用半截铅笔，给异常想念的妻子和女儿写下了这封催人泪下的遗书。信后，年仅28岁的夏明翰为了表达对妻子强烈的思念，还用嘴唇和着鲜血，在信纸上留下了一个深深的吻痕。面对反动派的屠刀，夏明翰大义凛然、视死如归，对"抛头颅、洒热血"完全等闲视之。为了真理和主义，他宁愿抛妻弃子，带着对妻儿深深的眷恋慷慨赴死。即使行将就义，他仍然笃定信仰。他坚信，未来"各取所需"的美好社会必定实现，革命事业必将代代传承，永远发扬光大下去。夏明翰这封信连同他写给母亲、大姐的信，以及牺牲前写下的气壮山河的就义诗，都是纪念建党100周年、学习党史、国史的经典篇目，需要反复学习体会，从中不断加强党性锻炼，倍加珍惜来之不易的革命成果，不断增强继承革命先辈遗志、实现中华民族伟大复兴中国梦的责任感使命感。

阅读
感悟

加入共产党是为工农无产阶级谋利益

——江诗咏 致父母亲（1930年5月）

📩 **书信原文**

父母亲大人膝下：

不孝男江诗咏，身长五尺，年达二十五，读书十有余年，大人之恩其何以报？不过，男一生未做害人之事，加入共产党，是为大多数工农无产阶级谋利益。今死于敌人之手，心中无恨。大革命成功，最久总不过三、六年。在那时，大人有历史之先劳②，嗣孙万世之安乐，男之孝就在此地也。

两大人不要姑息③之爱而痛哭不休，致伤玉体，错过天伦之乐也。对大哥、二哥、嫂嫂等，总要更加宽平、团乐，于此乱世直到革命成功之世。书难尽意，永奉

福安

不孝男　诗咏狱中写

红色五月　百拜

⭐ **注释和品读**

① 江诗咏（1905—1930），湖南益阳（今桃江县）人，1918 年秋考入教会学校益阳信义高等小学，后升入信义中学。1925 年，组织同学上街游行，声援五卅爱国运动。1926 年冬加入中国共产党。1927 年春经夏曦推荐到湖南省农民协会工作。马日事变发生后，化装成小贩回到益阳联络革命同志进行地下斗争。1928 年冬，与中共湖南省委接上关系，参与重建中共桃江区委，任组织委员。1929 年策划夺取反动团防武装枪支，建立革命武装。1930 年 3 月，发动组织联系当地工农骨干，协同宁（乡）益（阳）游击队夜袭本县沙头区金局。5 月 2 日，在益阳县城侦察敌情时被捕。6 月 7 日，在益阳五福官旁被杀害，时年 25 岁。

② 先劳，指功劳。

③ 姑息，指没有克制。

这是江诗咏在狱中写给父母亲的信，信中既表达了不能为父母尽孝的愧疚和对父母亲人的牵挂，同时也表达了自己对无产阶级解放事业忠贞不贰的崇高品格。当时，反动派给他纸和笔，本意是让江诗咏写"忏悔书"，但是他却利用这个契机给父母亲和两位哥哥写下了两封遗书。后来，江诗咏的母亲在整理遗物时，在腰带中发现了这两封信。江诗咏通过这种方式，表达了对共产主义的坚定信仰和对无产阶级革命必然胜利的强烈期盼。即便是行将就义，他仍然坚定地认为，"加入共产党，是为大多数工农无产阶级谋利益""大革命成功，最久总不过三、六年"。信中也抒发了对父母亲的深刻眷恋，他恳请父母亲一定要节哀保重，切不可因为他的牺牲而过度哀伤"致伤玉体"。这封家书，是中国共产党人为了无产阶级解放事业而英勇牺牲的鲜活写照。对广大共产党员来说，当前我们开展党史学习教育，深入学习党史、新中国史、改革开放史、社会主义发展史，读了这篇家书，就更要倍加珍惜革命先辈用鲜血和生命换来的革命成果，在新时代自觉肩负起为中华民族谋复兴的重担，牢记初心使命、矢志拼搏奋斗。

阅读
感悟

说到死　本来我并不惧怕

——杨开慧①致堂弟杨开明（1929年3月）

✉ 书信原文

一弟：

　　亲爱的一弟！我是一个弱者仍然是一个弱者！好像永远都不能强悍起来。我蜷伏着在世界的一个角落里，我颤慄而寂寞！在这个情景中，我无时无刻不在寻找我的依傍，你于是乎在我的心田里，就占了一个地位。此外同居在一起的仁、秀②，也和你一样——你们一排站在我的心田里！我常常默祷着：但愿这几个人莫再失散了呵！

　　我好像已经看见了死神——唉，它那冷酷严肃的面孔！说到死，本来，我并不惧怕，而且可以说是我欢喜的事。只有我的母亲和我的小孩呵，我有点可怜他们！而且这个情绪，缠扰得我非常厉害——前晚竟使我半睡半醒的闹了一晚！我决定把他们——小孩们③——托付你们，经济上只要他们的叔父④长存，是不至于不管他们的，而且他们的叔父，是有很深的爱对于他们的。倘若真的失掉一个母亲，或者更加一个父亲，那不是一个叔父的爱，可以抵得住的，必须得你们各方面的爱护，方能在温暖的春天里自然地生长，而不至于受那狂风骤雨的侵袭！

　　这一个遗嘱样的信，你见了一定会怪我是发了神经病？不知何解，我总觉得我的颈项上，好像自死神那里飞起来一根毒蛇样的绳索，把我缠着，所以不能不早作预备！

杞忧堪噤，书不尽意，祝你一切顺利！

⭐ 注释和品读

① 杨开慧（1901—1930），湖南长沙人。1920 年下半年加入中国社会主义青年团。同年冬，与毛泽东结婚。1921 年加入中国共产党后，一直追随毛泽东从事革命活动，在极为艰苦、险恶的条件下从事党的机要和交通联络工作，开展农民运动、工人运动、妇女运动和学生运动。大革命失败后，在白色恐怖中，杨开慧按照党的安排，带着孩子回到板仓开展地下斗争。在与上级组织失去联系的情况下，参与组织和领导了长沙、平江、湘阴边界的地下武装斗争，努力发展党的组织，坚持斗争整整 3 年。1930 年 10 月被捕。同年 11 月 14 日，在浏阳门外识字岭英勇就义，年仅 29 岁。

② 仁、秀，指杨开仁、杨开秀，杨开慧的堂妹。

③ 小孩们，指毛岸英、毛岸青、毛岸龙。

④ 叔父，指毛泽民，毛泽东的弟弟，即毛岸英等的叔父。

这是杨开慧 1929 年 3 月写给堂弟杨开明的一封信，表达了自己为革命牺牲生命的坦然自若，同时谈了对亲人的牵挂，请亲人在自己遭遇不测时照顾孩子。2016 年 3 月 3 日，人民网、中国共产党新闻网全文刊发了这封信。2016 年，国内首档明星书信朗读节目《见字如面》播出了杨开慧的这封信，引起了现场观众的强烈共鸣。目前，这段朗诵仍在各视频网站广泛转播。

当时，杨开慧已经有一年多没有毛泽东的音讯。白色恐怖中，敌人到处搜捕，在长沙已经有多位共产党人惨遭敌人的屠刀。杨开慧强烈预感到不测，带着对丈夫的挂念，带着对孩子的操心和不舍，写下这封类似遗书的文章。这封家书，非常耐读。全文情真意切，如泣如诉，催人泪下，既对死亡等闲待之，又诉说了对亲人的无尽思念。

信的开篇情感涌动，流露出女性软弱的一面。杨开慧写道："我是一个弱者仍然是一个弱者！好像永远都不能强悍起来。我蜷伏着在世界的一个角落里，我颤慄而寂寞！"她把能联系上的亲人—弟杨开明、堂妹杨开仁和杨开秀当成最后的依傍。紧接着，笔锋急转直下，杨开慧表现出了革命者的英雄本色。她写道："说到死，本来，我并不惧怕，而且可以说是我欢喜的事。"对死亡的这份超脱，远远超出了一般女子的心态和作为，体现出的是革命志士的坚定和勇敢。如此视死如归的慷慨悲歌，足以傲视人间千难万苦。当真切感到死神接近时，她最放心不下的是3个年幼的孩子——岸英、岸青和岸龙。对于嗷嗷待哺的幼儿，她是那么挚爱，那么不舍。她为弱小孩子的命运揪着心，言辞万分恳切："我总觉得我的颈项上，好像自死神那里飞起来一根毒蛇样的绳索，把我缠着，所以不能不早作预备！"为了照顾孩子，她恳请开明、开仁、开秀等能在自己身后给予孩子们更多的爱。她预料中的不幸，终于在1930年10月24日降临。这天凌晨，杨开慧在家中被捕。在狱中，她拒绝退党并坚决反对发表声明与毛泽东脱离关系。11月14日，杨开慧从容走向刑场，英勇就义。

这封信并没有寄出。当时，形势非常险恶，收信和寄信的行为，必然会增加被敌人发现的危险。这封"遗嘱样的信"写好后，只能藏匿在故居老宅的墙缝中。这曲感人的红色悲歌，不能直达收信人，只能隔空给后人留下感叹。在革命战争的艰苦岁月中，无数共产党人不仅自己抛头颅洒热血，而且还引领亲人共同踏上革命征程，全家人都为党的事业流血牺牲。毛泽东一家，为革命事业贡献了毛泽建、杨开慧、毛泽覃、毛泽民、毛楚雄、毛岸英等多位亲人的生命，不愧为中国红色家庭的楷模。杨开慧出身于长沙书香门第，是闻名三湘的大学者杨昌济的掌上明珠，她不仅是毛泽东早年的革命伴侣，也是一位贤妻良母，还是中国共产党最早的女党员之一。在毛泽东情感生活中杨开慧占有重要位置，是毛泽东风华正茂时浪漫爱情的另一半，她的一生是革命的一生、战斗的一生。

"我失骄杨君失柳，杨柳轻飏直上重霄九。问讯吴刚何所有，吴刚捧出桂花酒。寂寞嫦娥舒广袖，万里长空且为忠魂舞。忽报人间曾伏虎，泪飞顿作倾盆雨。"1957 年 5 月，毛泽东接到杨开慧的同窗好友李淑一怀念柳直荀烈士的一首词后，当即和了这首词。词中，毛泽东痛快淋漓地抒发了对杨开慧的无限思念和深情礼赞。读了这封信，了解了杨开慧的高尚人格和英勇不屈的革命事迹，就能深刻理解毛泽东心中"骄杨"的含义和分量。从信的字里行间，我们依稀看到了杨开慧美丽面容上流露出的坚定沉静气质，她柔弱身躯里迸发出的强大精神力量，永远令人敬佩，让人怀念。

阅读
感悟

请相信这一道路是光明伟大的

——左权① 致叔父左铭三（1937 年 9 月 18 日）

 书信原文

叔父：

你六月一日的手谕及匡家美君② 与燕如③ 信均于近日收到，因我近几月来在外东跑西跑，值近日始归。

从你的信中已敬悉一切，短短十余年变化确大，不幸林哥④ 作古，家失柱石，使我悲痛万分。我以已任不能不在外奔走，家中所恃者全系林哥，而今林哥又与世长辞，实使我不安，使我心痛。

叔父！我虽一时不能回家，我牺牲了我的一切幸福，为我的事业来奋斗，请相信这一道路是光明的、伟大的，愿以我的成功的事业，报你与我母亲对我的恩爱，报我林哥对我的培养。

叔父！承提及你我两家重新统一问题，实给我极大的兴奋，我极望早日成功，能使我年高的母亲及我的嫂嫂与侄儿女等，与你家共聚一堂，度些愉快舒适的日子。有蒙垂爱，我不仅不能忘记，自当以一切力量报与之。

卢沟桥事件后，迄今已两个多月了。日本已动员全国力量来灭亡中国。中国政府为自卫应战亦已摆开了阵势，全面的战争已打成了。这一战争必然要持久下去，也只有持久才能取得抗战的胜利。红军已改名为国民革命军，并改编为第八路军，现又改编为第十八集团军。我们的先头部队早已进到抗日的前线，并与日寇接触。后续部队正在继续运送，我今日即在上前线途中。我们将以游击运动战的姿势，出动于敌人之前后左右各个方面，配合友军粉碎日敌的进攻。我军已准备着以最大艰苦斗争来与日军周旋。因为在抗战中，中国的财政经济日益穷困，生产日益低落，在持久的战争中必须能够吃苦，没有坚持的持久艰苦斗争的精神，抗日胜利是无保障的。

拟到达目的地后，再告通讯处。专此敬请

福安！

侄　字林⑤

九月十八日晚

于山西之稷山县

两位婶母及棠哥⑥二嫂均此问安。

⭐ 注释和品读

　　① 左权（1905—1942），湖南醴陵人，黄埔军校一期生，是八路军的高级将领，无产阶级革命家、军事家，中国工农红军高级将领。1925年2月加入中国共产党。同年12月赴苏联，先后在莫斯科中山大学、伏龙芝军事学院学习。1930年回国后到中央苏区工作，先后任中国工农红军学校第一分校教育长，新十二军军长，中革军委作战局参谋、副局长，红一军团参谋长。参加了五次反"围剿"作战。1934年10月参加长征，参与指挥强渡大渡河、攻打腊子口等战斗战役。到达陕北后参与指挥直罗镇和东征等战役。1936年5月，任红一军团代理军团长，率部参加了西征和山城堡战役。全面抗战爆发后，担任八路军副参谋长、八路军前方总部参谋长，后兼任八路军第二纵队司令员。1940年8

月，参与指挥百团大战。1942 年 5 月 25 日，在山西辽县麻田附近指挥部队掩护中共中央北方局和八路军总部机关突围转移时，于十字岭战斗中壮烈殉国，年仅 37 岁。牺牲后，延安和太行山根据地为其举行追悼会，并改辽县为左权县。

② 匡家美君，指匡金美，左权的同村朋友。

③ 燕如，左权族中亲友。

④ 林哥，指左育林，左权的大哥。

⑤ 字林，是左权原名。

⑥ 棠哥，指左纪棠，左权的二哥。

这是左权 1937 年 9 月 18 日写给叔父左铭三的书信。信中，左权请叔父帮忙照料家人，并介绍了全国抗战的形势，表达了经过持久艰苦斗争必将取得胜利的信念，文中还特别表达了革命道路伟大、光明、正确的思想。信的大意主要有三层：一是交流家事。在大哥去世，家里失去支柱的情况下，左权忍着失去亲人的悲痛继续从事革命事业，由于不能顾家，只能恳请叔父帮助照料家人。二是介绍了全国抗日斗争的形势，抒写了打"持久战"的正确思想认识。谈了军队改编的情况和游击运动战的态势、全国困难的财政局势后，他指出，"这一战争必然要持久下去，也只有持久才能取得抗战的胜利"。三是表达了坚定不移走革命道路的信心和决心。他说："请相信这一道路是光明的、伟大的，愿以我的成功的事业，报你与我母亲对我的恩爱，报我林哥对我的培养。"

1942 年左权牺牲后，全党全军十分悲恸。当时，毛泽东提议，我党领导的所有宣传工具都要大力宣传左权的英雄事迹和革命精神。周恩来称左权是"有理论修养，同时有实践经验的军事家"，"足以为党之模范"。如今，我们阅读左权写的这封信，在回顾其光辉的革命历程、领会他不畏牺牲的革命精神的同时，要学习他革命必胜的坚定信念，学习他舍弃小家为大家的献身精神。这是共产党人应该具有的情怀。

阅读
感悟

为天地存正气　为个人全人格
成仁取义此正其时

——何功伟① 致父亲何楚瑛（1941 年 3 月 16 日）

✉ **书信原文**

　　儿不肖，连年远游，既未能承欢膝下，复不克分持家计。只冀抗战胜利，返里有期，河山还我之日，即天伦叙乐之时。迩来国际形势好转，敌人力量分散，使再益之以四万万人之团结奋斗，最后胜利当不在远。不幸党派摩擦，愈演愈烈。敌人汉奸复从而构煽之，内战烽火，似将燎原，亡国危机，迫在眉睫，"此敌人汉奸之所喜，而仁人志士之所忧"。新四军事件② 发生之日，儿正卧病乡间。噩耗传来，欲哭无泪。孰料元月二十日，儿突被当局拘捕，锒铛入狱，几经审讯，始知系因为共产党人而构陷入罪。当局正促儿"转变"，或无意必欲置之于死，然按诸宁死不屈之义，儿除慷慨就死外，绝无他途可循。为天地存正气，为个人全人格，成仁取义，此正其时。行见汨罗江中，水声悲咽；风波亭上，冤气冲天。儿蝼蚁之命，死何足惜！唯内乱若果扩大，抗战必难坚持，四十余月之抗战业绩，宁能隳于一旦！百万将士之热血头颅，忍作无谓牺牲！睹此危局，死后实难瞑目耳！

　　微闻当局已电召大人来施③，意在挟大人以屈儿。当局以"仁至义尽"之态度，千方百计促儿"转向"，用心亦良苦矣。而奈儿献身真理，早具决心，苟义之所在，纵刀锯斧钺加颈项，父母兄弟环泣于前，此心亦万不可动，此志亦万不可移。盖天下有最丰富之感情者，必更有最坚强之理智也。谚云："知子莫若父。"大人爱儿最切，知儿亦最深。曩年两广事变④发生之时，正敌人增兵华北之后，儿为和平团结，一致抗日而奔走号泣，废寝忘餐，为当局所不谅。大人常戒儿明哲保身。儿激于义愤，以为家国不能并顾，忠孝不能两全，始终未遵严命。大人于失望之余，曾向诸亲友叹曰："此儿太痴，似欲将中华民国荷于其一人肩上者！"往事如此，记忆犹新，夫昔年既未因严命而中止救国工作，今日又岂能背弃真理出卖人格以苟全身家性命？儿丹心耿耿，大人必烛照无遗。若大人果应召来施，天寒路远，此时千里跋涉，怀满腔忧虑而来；他日携儿尸骸，抱无穷悲痛而去。徒劳往返，于事奚益？大人年逾半百，又何以堪此？是徒令儿心碎，而益增儿不孝之罪而已。

儿七岁失恃，大人抚之养之，教之育之，一身兼尽严父与慈母之责。恩山德海，未报万一。今后，亲老弟弱，侍养无人。不孝之罪，实无可逃。然儿为尽大孝于天下无数万人之父母而牺牲一切，致不能事亲养老，终其天年，苦衷所在，良非得已。惟恳大人移所以爱儿者以爱天下无数万人之儿女，以爱抗战死难烈士之遗孤，以爱流离失所无家可归之难童，庶几儿之冤死或正足以显示大人之慈祥伟大。且也，民族危机，固极严重，然在强敌深入国境之今日，除少数汉奸败类，自外于抗战营垒；在抗战建国纲领之政治基础上，我精诚团结之民族阵线，必能战胜一切挑拨离间之阴谋。胜利之路，纵极曲折，但终必导入新民主主义新中国之乐园，此则为儿所深信不疑者也。将来国旗东指之日，大人正可以结束数年来之难民生涯，欣率诸弟妹，重返故乡，安居乐业以娱晚景，今日虽蒙失子之痛，苟瞻念光明前途，亦大可破涕为笑也。

不孝儿功伟狱中跪禀

三十年二月十九日

⭐ **注释和品读**

① 何功伟（1915—1941），湖北咸宁人，又名何彬。1935 年在湖北参加"一二·九"运动，被国民党通缉。1936 年 8 月在上海加入中国共产党，参加全国学联工作。1937 年到武汉工作，历任中共湖北省委委员、武昌区委书记、鄂南特委书记、湘鄂西区委宣传部长等职。1940 年 8 月，任中共鄂西特委书记，领导创建了鄂南游击队。1941 年初因叛徒出卖，被捕入狱。1941 年 11 月 17 日，遇害于恩施，时年 26 岁。

② 新四军事件，即皖南事变。

③ 施，即湖北恩施。

④ 两广事变，又称"六一事变"。1936 年 6 月 1 日，国民党广东军阀陈济棠和广西军阀李宗仁、白崇禧，为反对蒋介石吞并地方势力而发动的一次事变。1936 年 6 月 4 日，陈济棠、李宗仁等宣布抗日救国，组成军事委员会，将两广军队改称抗日救国军，进军湖南。7 月初，在蒋介石的收买下，粤军第 1 军军长余汉谋通电拥护南京中央，广东内部开始四分五裂，陈济棠被迫下台亡命香港。经过各方调解，蒋、桂双方达成妥协。

这是何功伟在狱中写给父亲的家书，意在表达自己献身真理、宁死不屈的生死抉择，同时安慰父亲节哀珍重，鼓舞父亲展望未来革命胜利后的光明前景。1941 年初，何功伟因叛徒出卖被捕入狱。就在何功伟入狱前夕，国民党反动派发动了震惊中外的皖南事变。大敌当前，国民党无心抗战却有意同室操戈，国内出现第二次反共高潮。何功伟入狱后，敌人对他严刑拷打，又加以威逼利诱，妄图促使他变节投降，但都遭到他的严词痛斥和断然拒绝。湖北省政府主席陈诚亲自部署，想以亲情来感化他，让何功伟父亲前来劝子"自首"事敌。在这种"时危难作两全身"的情况之下，何功伟给父亲写了这封信，议论时局，痛斥国贼，以表自己宁为玉碎不为瓦全的决心。

　　信的开头，何功伟坦言自己因革命远游不能分持家计、承欢膝下的愧疚。随即，笔锋一转，直陈当时的危难局势，称"内战烽火，似将燎原，亡国危机，迫在眉睫"，字里行间对国民党的反动行径流露出切齿之恨！在民族危亡大难当头之时，共产党人想到的是"除慷慨就死外，绝无他途可循"。在亲情和大义势难两全的情况下，他宁愿牺牲自己的生命，也要"为天地存正气，为个人全人格"。信中，何功伟以忧国忧民的屈原和精忠报国的岳飞为榜样，盼望父亲能体察赤忱心怀，允其"成仁取义，此正其时"。简练的文字，语言豪迈、感天动地，任谁读来都为之动容。信的第二部分，谈到促他"转向"一事，揭露了反动当局"意在挟大人以屈儿"，表面上仁至义尽，实质虚伪的嘴脸。何功伟7岁丧母，父亲一身兼尽严父与慈母之责，抚之养之，教之育之，他对父亲满怀挚爱，敬之爱之。但是，在大是大非面前，何功伟正气凛然，牺牲的是个人的生命和小家的团聚，选择的是坚贞的革命信念。"而奈儿献身真理，早具决心，苟义之所在，纵刀锯斧钺加颈项，父母兄弟环泣于前，此心亦万不可动，此志亦万不可移"。如此大公无私的心怀，如此豪迈的誓言，直把私人之爱转化成了爱天下人的大我之爱。作者爱父亲，更爱天下人的父母，这是革命者的无私之爱、丹心耿耿之爱！这种爱，是集天下最丰富之感情和最坚强之理智的大爱。最后一部分，何功伟倾诉了对父亲的感恩之情，深情表达对父亲的爱戴。对父亲往昔的劝阻，他用拳拳爱心进行规劝。恳请父亲深明大义，"移所以爱儿者以爱天下无数万人之儿女，以爱抗战死难烈士之遗孤，以爱流离失所无家可归之难童"。

　　这封信，舍己为国的耿耿忠心和对父亲的拳拳爱心熔为一炉，坚定的信仰和精彩的辞章合为一体，浩然正气充满字里行间，全文论理精辟、语言精当，情理交融、情深义重，文白间杂的语言读起来朗朗上口，诚为进行党史学习教育的名篇佳作，值得反复品读、反复吟诵。

二、忠贞爱国

朋友、中国先生要我行的母亲你们觉得于住母亲于

义 义 义

爱妈之所想像你这我样的见解都觉得这往母亲之

重于爱更于受妈子之武醒候牛国处于温带一直于温暖一直于孩觉们的

不不等好像死你的母想工高无化最通一直于孩觉们的

能够如私工所喜于我这革地命。

拯父老出诸水火　争国权以救危亡

——聂荣臻致父亲聂仕光等（1922年6月3日）

 书信原文

父母亲大人膝下：

　　不得手谕久矣。海外游子，悬念何如？又闻川战复起，兵自增，而匪复猖，水深火热之家乡！父老之苦困也何堪？狼毒野心之列强！无故侵占我国土！"二十一条"之否认被拒绝，而租地期满，又故意不肯交还！私位饱囊之政府，只知自争地盘，拥数十万之雄兵，无非残杀同胞，热血男儿何堪睹此？男也虽不敢云以天下为己任，而拯父老出诸水火，争国权以救危亡，是青年男儿之有责！况男远出留学，所学何为？决非一衣一食之自为计，而在四万万同胞之均有衣食也。亦非自安自乐以自足，而在四万万同胞之均能享安乐也！此男素抱之志，亦即男视为终身之事业也！

　　前日男与同乡数友，为贷费事呈文驻比[①]使馆转咨省署，兹已回文批准，云适合留学贷费西洋条件，故将此复文并函寄李耀群[②]。顷接同学来函，云视学已复更人，今再拟致一函与新任视学，但以本县款项支绌，兼又少热心海外教育事业之人，所以省署虽然批准，而本县能否奉行又属问题。然男之继续求学，亦全视乎本贷费之能否实现，不然藉助同学，终多困难，前乞稍兑款资助，亦未见复示，不知大人以为何如？本来云再兑款事，实出诸大人口，然后男方有到比计划。恳乞示知，筹款能否成功？以便进行男之新计划。

比天六月，尚觉为寒，今年天气，殊为奇怪，但男自入寄宿舍后，因空气较好，运动增多，故身体颇有进步。

母亲之照早已寄归，未知收到否？至二婆之像，因邮有失，乞再寄一张，不知已寄来否？母亲和二婆饮食如何？仍如前健康否？

叩禀！

男荣臻　跪禀
六月三号

⭐ **注释和品读**

① 比，指比利时。
② 李耀群，时任四川省江津县政府主管教育的专员。

这是聂荣臻在比利时留学时写给父母的家书。1919 年 12 月，聂荣臻和百余名勤工俭学学生，乘"凤凰号"轮船，离开上海，远涉重洋。经过四十余天航行，于 1920 年 1 月抵达法国马赛港，后又到首都巴黎。经华法教育会的介绍，到克鲁佐钢铁厂做工，依靠做工获得的微薄收入，勉强维持学习和生活。1921 年 10 月，聂荣臻怀着"实业救国"的理想，考上费用低廉的比利时沙洛瓦劳动大学，学习化工专业。

这封信正是聂荣臻在比利时沙洛瓦劳动大学学习期间写就的。开篇，简短的问候后，聂荣臻痛陈对国家遭受列强欺凌的忧虑。"水深火热之家乡！父老之苦困也何堪？狼毒野心之列强！无故侵占我国土！"进而，抨击当局的反动，"私位饱囊之政府，只知自争地盘，拥数十万之雄兵，无非残杀同胞，热血男儿何堪睹此?"紧接着，年轻的游子单刀直入，表达自己救国救民的志向。他说："男也虽不敢云以天下为己任，而拯父老出诸水火，争国权以救危亡，是青年男儿之有责!"其时仅 23 岁，聂荣臻就亲笔写下毕生的革命志向：决非一衣一食之自为计，而在四万万同胞之均有衣食也；亦非自安自乐以自足，而在四万万同胞之均能享安乐也! 第二段汇报了在比利时勤工俭学的情况，提到求学过程中的困难，如实向父母交代自己的想法，言辞坦诚而执着。末尾，用简短的文字，向父母亲请安，顺带话话家常，表达思念之情。

这封信最可贵的地方是，直观地展示了老一辈无产阶级革命家青年时期就立下的报国志向。聂荣臻元帅"以天下为己任，而拯父老出诸水火，争国权以救危亡，是青年男儿之有责"的革命理想，必将激励一代代中国共产党人为中华民族伟大复兴而英勇奋斗!

阅读感悟

须知有国方有家也

——刘华① 给哥哥刘峰贤的电文（1925 年）

📧 书信原文

国家衰弱强邻欺侮，神圣劳工辄为鱼肉，我亦民族分子，我亦劳工分子，身负重任，何以家为，须知有国，方有家也。

✪ 注释和品读

① 刘华（1899—1925），字剑华，四川宜宾人。1920 年到上海，在中华书局印刷厂当学徒。1923 年 8 月，刘华进入上海大学半工半读。在校期间刘华如饥似渴地学习新思想、新知识，探索马列主义真理。同年 11 月，加入了中国共产党。1925 年 2 月，与邓中夏一起领导发动了震惊中外的"二月罢工"。后被工人拥戴为日商内外棉工会委员长，并被选为上海总工会副委员长、全国总工会执行委员。同年，参加并领导了五卅运动。11 月 29 日被捕。12 月 17 日，被军阀孙传芳秘密杀害，时年 26 岁。

这是刘华 1925 年在上海参加工人运动时，收到宜宾老家接连打来的电报后，给哥哥回复的电文。文不在长而在乎精。全文尽管只有短短几句，但言简意赅，字字恳切，说理充分，表意决绝，浓郁的亲情与坚定的革命信念热烈交织，是一篇剖心明志、荡气回肠的生命宣言。当时，刘华的老家被土匪洗劫一空，弟弟被杀，父亲被绑架，母亲负重伤，祖母病危，哥哥刘峰贤接连发来电报催促他回家。这个时候恰恰处在"二月罢工"之后，敌人百般阻挠工人运动，刘华领导工人运动的任务异常紧急繁重。5 月 14 日，上海内外棉十二厂开除和逮捕工会代表，工人愤而罢工。15 日，罢工工人集会时，日本资本家向工人开枪，致 8 人重伤，工人顾正红当场牺牲。刘华向各工会、学校、报社发出宣言，号召全上海工人、学生、市民、士兵共同反对日本帝国主义，进行民族解放斗争，几天之内，各区纷纷响应。在轰轰烈烈的工人运动中，刘华发挥着举足轻重的领导作用。5 月 30 日，工人和学生宣传队在向市民控诉帝国主义罪行时，巡捕竟然下令开枪，当场打死 13 人，伤几十人，酿成了"五卅惨案"。次日，上海总工会宣布成立，刘华担任副委员长兼第四办事处主任。革命事业如火如荼，时艰敌迫，即使老家遭受严重的匪劫，为了完成肩上的重任，刘华也无法从上海抽身回家。从当时匆匆写就的电文中，就能够体会到事态的紧急。正因为身负救国救民的重任，才坚定不移地选择了舍小家顾大家。"身负重任，何以家为，须知有国，方有家也"，就是这种献身精神的生动写照。革命者之所以能够超越这种常人的情感守望，乃是因为他顾念着普天下劳苦大众的亲情，顾念着这世间的千家万户。百年回声，字字千钧。这种舍小家顾大家，革命事业高于天的高尚情操，正是共产党人对革命意义的深刻诠释，值得我们反复吟读，深刻体会。

阅读
感悟

我的死是为着社会、国家和人类

——史砚芬① 致弟弟妹妹（1928 年）

 书信原文

亲爱的弟弟妹妹：

我今与你们永诀了！

我的死，是为着社会、国家和人类，是光荣的，是必要的。我死后，有我千万同志，他们能踏着我的血迹奋斗前进，我们的革命事业必底于成，故我虽死犹存。我的肉体被反动派毁去了，我的自由的革命的灵魂是永远不会被任何反动者所毁伤！我的不昧的灵魂必时常随着你们，照护你们和我的未死的同志，请你们不要因丧兄而悲吧！

妹妹，你年长些，从此以后你是家长了，身兼父母兄长的重大责任。我本不应当把这重大的担子放在你身上，抛弃你们，但为着大我不能不对你们忍心些。我相信你们在痛哭之余，必能谅察我的苦衷而原谅我。

弟弟，你年小些，你待姊应如待父母兄长一样，遇事要和她商量，听她指导。家里十余亩田作为你俩生活及教育费。

故我死以后，不要治丧，因为这是浪费的，以后你能继我志愿，乃我门第之光，我必含笑九泉，看你成功。不能继我志愿，则万不能与国民党的腐败分子同流。

现在我的心很镇静，但不愿多谈多写，虽有千言万语要嘱咐你们，但始终无法写出。

好！弟妹！今生就这样与你们作结了！

你们的大哥砚芬嘱

⭐ 注释和品读

① 史砚芬（1904—1928），又名余晨华、余仁华、史文馨，江苏省宜兴县人。早年丧父，家境贫穷。1919 年，正在中学读书的史砚芬投身五四爱国运动的洪流，积极追求救国救民的真理。1927 年春，北伐军抵达宜兴，在与北伐军的交往中，史砚芬开始接触马列主义思想，逐步树立起共产主义信念。不久，加入中国共产主义青年团，参与发动农民运动和组织农民协会，与土豪劣绅进行斗争。同年加入中国共产党，担任共青团宜兴县委书记，组织领导了宜兴农民暴动。1928 年，任共青团南京市委书记。1928 年 5 月 5 日，在南京参加共青团中央大学支部会议时，由于叛徒出卖，不幸被捕。9 月 27 日，史砚芬在南京雨花台壮烈牺牲，年仅 24 岁。

这是史砚芬就义前写给弟弟妹妹的遗书，烈士虽死，精神犹存。信的原件是在宣纸上写就后，藏在内衣口袋里，随着遗体带出后，才被家人发现的。通过这样特殊的"寄送"方式，这封血迹斑斑、饱含手足深情、为了救国救民宁可牺牲生命的诀别信，才得以留存至今。由于父亲在他很小的时候就过世了，史砚芬和弟弟妹妹三人靠祖母、母亲纺纱织布维持生计。在祖母和母亲也相继去世后，史砚芬成了家里的顶梁柱，肩负教育抚养弟弟妹妹的担子，对弟弟妹妹有着深厚的感情。1928 年 5 月，史砚芬在南京参加秘密会议被捕后，面对敌人的严刑拷打，他始终不松口、不低头。知道自己被判处死刑后，史砚芬给弟弟妹妹写了这封诀别信。信中，他掷地有声地申明自己无怨无悔的政治信仰，坚信革命者精神永存、事业必成，展示了为国为民慷慨赴死的大无畏牺牲精神。同时，他从容、理性地交代后事，表达对弟弟妹妹的挚爱，怀着深深的眷恋将家长的重担交给了年幼的妹妹。嘱托弟弟像对待父母兄长一样听姐姐的话，期待弟弟将来"继我志愿，乃我门第之光，我必含笑九泉，看你成功"。2018 年 3 月底，一档人文艺术类电视节目《信·中国》诵读了史砚芬写给弟弟妹妹的这封诀别信，引发了广大观众的共鸣。这个视频，至今仍然在网络上广为传播，激发广大共产党员继承烈士遗志，为中华民族伟大复兴不懈奋斗。

阅读
感悟

生是为中国　死是为中国

——刘伯坚① 致妻嫂凤笙等（1935 年 3 月 16 日）

 书信原文

凤笙大嫂并转五六诸兄嫂：

本月初在唐村写寄给你们的信、绝命词及给虎豹熊② 诸幼儿的遗嘱，由大庚县邮局寄出，不知已否收到？

弟不意现在尚在人间，被押在大庚粤军第一军军部，以后结果怎样，尚不可知，弟准备牺牲，生是为中国，死是为中国，一切听之而已。

现有两事需要告诉你们，请注意！

一、你们接我前信后必然要悲恸异常，必然要想方法来营救我，这对于我都不需要。你们千万不要去找于先生③ 及邓宝珊兄来营救我，于、邓虽然同我个人的感情好，我在国外，叔振④ 在沪时还承他们殷殷照顾并关注我不要在革命中犯危险，但我为中国民族争生存争解放与他们走的道路不同。在沪晤面时邓对我表同情，于说我做的事情太早。我为救中国而犯危险遭损害，不需要找他们来营救我帮助我使他们为难。我自己甘心忍受，尤其要把这件小事秘密起来，不要在北方张扬。这对于我丝毫没有好处，而只是对我增加无限的侮辱，丧失革命的人格，至要至嘱（知道的人多了就非常不好）。

二、熊儿生后一月即寄养福建新泉芷溪黄荫胡家，豹儿今年寄养在往来瑞金、会昌、雩都、赣州这一条河的一支商船上，有一吉安人罗高，二十余岁，裁缝出身，携带豹儿。船老板是瑞金武阳围的人叫赖宏达，有五十多岁，撑了几十年的船，人很老实，赣州的商人多半认识他，他的老板娘叫郭贱姑，他的儿子叫赖连章（记不清楚了），媳妇叫做梁招娣，他们一家人都很爱豹儿，故我寄交他们抚育，因我无钱只给了几个月的生活费，你们今年以内派人去找着还不至于饿死。

我为中国革命没有一文钱的私产，三个幼儿的养育都要累着诸兄嫂，我四川的家听说久已破产又被抄没过，人口死亡殆尽，我已八年不通信了。为着中国民族就为不了家和个人，诸兄嫂明达当能了解，不致说弟这一生穷苦，是没有用处。

诸儿受高小教育至十八岁后即入工厂做工，非到有自给的能力不要结婚，到三十岁结婚亦不为迟，以免早生子女自累累人。

叔振仍在闽，已两月余不通信了，祝诸兄嫂近好！

弟　伯坚

三月十六于江西大庾

⭐ 注释和品读

① 刘伯坚（1895—1935），四川平昌人。1920 年赴法勤工俭学，1921 年与周恩来、赵世炎等发起组织旅欧中国少年共产党，1922 年转为中国共产党党员，曾任中共旅欧总支部书记。1923 年，进入莫斯科东方劳动者共产主义大学学习，为中共旅莫支部和旅莫共青团负责人。1926 年回国，在冯玉祥部任政治部部长。离开冯部后，任中共湖北省委组织部部长、江苏省委常委、宣传部部长。1928 年，再次被派往苏联学习军事，

并出席了中共第六次全国代表大会。1930 年回国到中央苏区，任中央军事政治学校政治部主任、中央军委秘书长，曾当选为中华苏维埃中央执行委员，参加了中央革命根据地历次反"围剿"斗争。1934 年 10 月中央红军长征后，奉命留在苏区坚持斗争，任赣南军区政治部主任。1935 年 3 月，率部队突围时不幸负伤被捕。21 日，在江西省大庾县(今大余)牺牲。

②虎豹熊，指刘虎生、刘豹生、刘熊生，刘伯坚的儿子。

③于先生，指于右任。

④叔振，指刘伯坚的妻子王叔振。

刘伯坚是我们党创立初期就加入组织的党员，自入党后始终秉持初心，以解放工农群众为毕生使命，为党的事业出生入死，直至英勇就义。这封信是他临刑五天前写给亲人的家书，信中谈了自己舍生取义的信念，交代儿子的下落，请求亲人找回孩子帮助抚育。刘伯坚用简单一句话，"生是为中国，死是为中国，一切听之而已"，表达了为民族得解放视死如归的坚定信念。他甚至反对亲人为拯救他而去求助于不同政治信仰的故人，以免让这些人为难。在他看来，请求不同信仰的人来拯救，本身是一种侮辱。信中详细交代了儿子"熊儿""豹儿"的下落，恳请亲人找回孩子，并帮助养育。信末，申明自己"为着中国民族就为不了家和个人"，请求兄嫂理解。这是一封写给亲人的遗书。铿锵有力的表达，掷地有声的声明，充分体现了刘伯坚在革命原则问题上毫不妥协的政治信念。在同一时期，他在狱中还写下了著名的《带镣行》："带镣长街行，蹒跚复蹒跚，市人争瞩目，我心无愧怍。带镣长街行，镣声何铿锵，市人皆惊讶，我心自安详。带镣长街行，志气愈轩昂，拼作阶下囚，工农齐解放。"为了实现工农齐解放的夙愿，刘伯坚舍弃了至爱的亲人、舍弃了宝贵的生命，用鲜血书写了"生是为中国，死是为中国"的光辉人生。

三五年头敌定片甲不回也

——陈毅致父亲陈家余（1939 年 5 月 7 日）

 书信原文

父亲大人膝下：

　　阴正廿七日县中严谕领悉。孟熙①、季让② 前后信均收，只修和③年余未得只字，怀念之至。儿一切如恒，开春以来体质转健。目前江南战局更大进展，儿部④ 日益壮大，军民关系尤为良好，生平快慰之事无过此者。三五年头敌定片甲不回也。儿已再四请假返里省亲，均以代理无人而遭婉拒，但已允于本年内设法。西望故里，不尽孺慕赡佑为叹惋耳！现寄呈近照两张，神情逼真，以远慰亲怀于万一。顺叩

　　春安金福！

二儿　俊⑤ 禀
五月七日抗日纪念节

✪ **注释和品读**

　　① 孟熙，即陈孟熙，陈毅的哥哥。

② 季让，即陈季让，陈毅的弟弟。

③ 修和，即陈修和，陈毅的堂兄。

④ 儿部，这里指新四军第一支队。1938年春新四军先遣支队向苏南挺进，5月，首战卫岗获胜。接着，第一、第二支队挺进苏南，粉碎日军多次"扫荡"，初步创立了以茅山为中心的苏南抗日根据地。1939年春夏，第一支队在游击纵队的配合下，向太湖地区和长江北岸发展。

⑤ 陈毅幼年时起名陈世俊。

这是陈毅写给父亲的家书，表达了保家卫国必然胜利的坚定信心，抒发了对父母亲人的挚爱和思念。陈毅自从走上革命道路之后，同父母见面的机会少之又少。但是，他心里总惦记着自己的父母，时常在工作和战斗的空隙，写信给远方的父母。这封信，写于1939年春夏之交，当时新四军正在苏南与日寇进行坚决斗争，我方取得了几场战役的胜利，但是战事仍然非常吃紧，敌人组织力量进行多次"扫荡"。在指挥战斗的同时，陈毅百忙中抽空给父亲写信，汇报新四军抗击日寇的战情，表达对亲人的殷切思念，字里行间孝子之心尽显。文中，陈毅笔触轻松地介绍了新四军日益壮大的局面和良好的军民关系，还根据国内外形势和战局的进展，大胆预测"三五年头敌定片甲不回也"。这个预判，一方面展现了对胜利的期待和对战局的信心，一方面也体现了对未来局势的科学分析。这个预判大致吻合了后来抗日战争的走向，应该说是一个得到印证的正确预测，较好地体现出了新四军指战员对战争局势的准确判断和打败敌寇的坚定自信。尤其可贵的是，陈毅信里坦承自己对亲人的思念和回乡省亲的愿望，但是为了抗日大业，只能"西望故里"，遥寄神情逼真的近照，"以远慰亲怀于万一"。寥寥几笔，尽显革命者既以大局为重又牢记亲情的可贵品格。

阅读
感悟

用自己的鲜血灌溉快将实现的乐园

——李卡[①] 致未婚妻徐云及友人（1949 年 8 月 25 日）

 书信原文

朋友：

当白色的恐怖正在蔓延着，死亡之魔在狂吼的时候，这不是一个凶信，而是一个喜兆，你接到应该为此而快乐，因为任何魔力明知是消灭不了我们，而自己的心正在发慌，又故意装出残酷的面子，干尽伤天害理的事。

我走了，以后再不会见我的笔迹，也许你为此而难过。

我们这一代就是施肥的一代，用自己的血灌溉快将实现的乐园，让后代享受人类应有的一切幸福，这就是我们一代的任务，是光荣不过的事业，死就是为了这，而生者亦是生的努力方向。几多英雄勇士为此而流血，抛出自己的头颅，我不过是大海中一滴水，平原的一株草，大海无干旱之日，烈火亦无烧尽野草之时。

我走了，太阳我带不走，你跟着它呀！永远地跟着它呀！

朋友，努力！天一亮，你就会看到太阳的微笑。

愿你

幸福愉快

卡留笔

旧历闰七月初三

⭐ 注释和品读

① 李卡（1922—1949），又名李钧海、李亦池、李永乾，广东化州县人。1939 年读中学时，因参加抗日救亡运动被学校开除。后转入广东乳源县侯公渡知用中学读书，仍积极从事抗日宣传活动。1943 年夏，与亲友合办桂林恒星书店，暗中出售革命书刊。抗战胜利后，入广东国民大学新闻系学习，兼任广州《建国日报》记者。先后用"徐雪""上下大夫""吼夫子"等笔名在报刊上发表文章，宣传革命道理，揭露社会弊端。后入香港达德学院学习。1947 年 4、5 月间，受中共地下党组织派遣，任韶关粤赣先遣支队司令部参谋，同年 7 月加入中国共产党。1948 年调往曲南游击队，任武工队队长、曲南工委主任。1949 年 1 月在曲江县沙溪凡洞被捕，监押于韶关芙蓉山监狱。同年 9 月 4 日被害于韶关机场，时年 27 岁。

这是李卡牺牲十天前亲笔撰写的书信，以抒情的笔调表达了对死亡的无所畏惧和对革命事业必胜的坚定信心。信的第一部分有如闪电划过天空，痛斥反动派残杀革命人士的罪恶。信中提到，"当白色的恐怖正在蔓延着，死亡之魔在狂吼的时候，这不是一个凶信，而是一个喜兆……""敌人故意装出残酷的面子，干尽伤天害理的事"，但是内心正在发慌，罪过必将完结。第二部分生动地把自己的死比喻为给下一代"施肥"，表达了甘为革命献身的崇高气节和对革命事业后继有人的坚定信念。面对反动派高高举起的屠刀，李卡把自己比作"大海中一滴水""平原的一株草"，认为个人的牺牲，是在用"血灌溉快将实现的乐园"，是"光荣不过的事业"。他把自己的生命看得比鸿毛还轻，把革命事业看得比泰山还重。他坚信，"大海无干旱之日，烈火亦无烧尽野草之时"。文末，用诗一样的语言，表达了对胜利即将来临的期待。"朋友，努力！天一亮，你就会看到太阳的微笑。"作者不仅对自己的牺牲无怨无悔，而且热情拥抱革命事业，用最后的激情号召战友们迎着胜利的朝霞继续战斗。正是无数烈士在革命战争的征程中抛头颅、洒热血，其中有许多还牺牲在胜利的前夜，"用自己的血灌溉快将实现的乐园"，才有了革命的胜利，有了新中国的诞生，有了今天的美好生活。这是我们学习党史、国史，应该牢牢记住的铁的历史事实。胜利来之不易，一定要倍加珍惜革命先辈用鲜血和生命换来的"人类应有的一切幸福"，牢记初心使命，矢志不渝为中华民族伟大复兴而努力奋斗。

阅读
感悟

盼教以踏着父母之足迹　以建设新中国为志 为共产主义革命事业奋斗到底

——江竹筠[①] 致亲友谭竹安[②]（1949 年 8 月 27 日）

 书信原文

竹安弟：

友人告知我你的近况，我感到非常难受。幺姐及两个孩子给你的负担的确是太重了，尤其是现在的物价情况下，以你仅有的收入，不知把你拖成甚么个样子。除了伤心而外，就只有恨了……我想你决不会抱怨孩子的爸爸和我吧？苦难的日子快完了，除了这希望的日子快点到来而外，我什么都不能兑现。安弟！的确太辛苦你了。

我有必胜和必活的信心，自入狱日起（去年 6 月被捕）我就下了两年坐牢的决心，现在时局变化的情况，年底有出牢的可能。蒋王八的来渝固然不是一件好事，但是不管他若何顽固，现在战事已近川边，这是事实，重庆再强也不可能和平、京、穗相比，因此大方的给它三四月的命运就会完蛋的。我们在牢里也不白坐，我们一直是不断地在学习，希望我俩见面时你更有惊人的进步。这点我们当然及不上外面的朋友。

话又得说回来，我们到底还是虎口里的人，生死未定，万一他作破坏到底的孤注一掷，一个炸弹两三百人的看守所就完了。这可能我们估计的确很少，但是并不等于没有。假若不幸的话，云儿[③] 就送你了，盼教以踏着父母之足迹，以建设新中国为志，为共产主义革命事业奋斗到底。

孩子们决不要娇养，粗服淡饭足矣。幺姐是否仍在重庆？若在，云儿可以不必送托儿所，可节省一笔费用。你以为如何？就这样吧。愿我们早日见面。握别。愿你们都健康。

竹姐　八月二十七日

来友是我很好的朋友，不用怕，盼能坦白相谈。

✪ 注释和品读

① 江竹筠（1920—1949），原名江竹君，人们习惯称她江姐，四川自贡人。1939 年加入中国共产党。1947 年下半年，党组织派她的丈夫彭咏梧去川东发动武装起义，迎接解放，她担任联络工作。1948 年，彭咏梧在战斗中牺牲后，她毅然留在川东继续工作。同年 6 月 14 日，由于叛徒出卖，江竹筠在万县不幸被捕，被关押在重庆渣滓洞集中营。在狱中，她受尽了国民党军统特务的各种酷刑，但坚贞不屈，拒不交出军统所要的中共地下党情报。1949 年 11 月 14 日，在重庆被中国人民解放军重重包围之际，江竹筠被军统特务杀害。这封信选自重庆渣滓洞集中营展览馆有关资料。

② 谭竹安，共产党员，江竹筠的亲友。

③ 云儿，指彭云，江竹筠的儿子。

这封信写于革命胜利前夕，是江竹筠在监狱中写给亲友的一封托孤遗书。该信用简短文字表达了革命者宁死不屈的坚定信仰，也承载着浓浓的亲情，蕴含着她对儿子深深的关爱和对亲友的牵挂。这是一封革命的书信，信里满载着共产党人坚信革命必将最终胜利的乐观主义精神，坚信反动派必然灭亡的必胜信心，表达了宁可牺牲生命也绝不背叛组织的坚定决心。她以十分确切的言辞，预判"蒋王八"即将在三四个月后必然灭亡。历史的滚滚洪流印证了江姐的预言，很快人民解放军胜利的红旗就插遍了重庆的街头。江姐对形势的准确预判，既是对反动派的藐视，也是对革命胜利的坚定信心。这是一封饱含真情的家书，行文充满着女性的细腻和真情，字里行间溢满着一名母亲对儿子如丝如缕的思念，同时也饱含对亲友窘迫生活的操心。行文之间把革命豪情和亲人友爱很好地统一了起来，既有革命者的博大情怀和可歌可泣的政治信念，也有人间至纯至真的亲情。

"毒刑拷打那是太小的考验……竹签是竹做的，但共产党员的意志是钢铁。"江姐死前遭受到种种残酷的折磨，她宁可牺牲也不背叛信仰，宁可抛下至爱的儿子慷慨赴死也不向敌人屈服。她的事迹，感人肺腑，令人肃然起敬。她是一名共产党人，也是一个妻子，一个母亲。作为一名共产党人，面对敌人的严刑拷打，她无畏无惧，丝毫没有泄露党的秘密，这种对革命事业无限忠诚的精神令人敬佩。作为一个母亲，她与无数女子一样深爱家庭、深爱子女。但是，在丈夫牺牲之后，自己又入狱，嗷嗷待哺的幼儿随时可能成为流离失所的孤儿的情况下，她保持着革命者的坚贞不屈，用死来捍卫对党的忠诚。她毅然把儿子托付给亲友，宁死也不向反对派透露党的秘密。

革命胜利后，江姐的事迹多次被拍摄成影视剧，成为教育千千万万共产党员的党课教材。今天，我们向江姐学习，就要学习她革命必胜、宁死不屈的崇高气节，学习她宁可牺牲生命也不背叛组织的绝对忠诚。

阅读
感悟

三、责重山岳

要救中国最大多数的劳苦群众

——俞秀松① 致父亲俞韵琴等（1923 年 1 月 10 日）

 书信原文

父母亲：

　　十二月十六日寄来的信，于二十二日收到。军官讲习所大约不办了，因为广州现在内部非常纷乱，滇军桂军已集中肇庆，所以我们也积极准备进行，直驱羊城当非难事。② 我现在的职务是关于军事上的电报等事，对于军事知识很可得到。并且现在我自己正浏览各种军事书籍，将来也很足慰父亲的希望罢。父亲，我的志愿早已决定了：我之决志进军队是由于目睹各处工人被军阀无理的压迫，我要救中国最大多数的劳苦群众，我不能不首先打倒劳苦群众的仇敌——其实是全中国人的仇敌——便是军阀。进军队学军事知识，就是打倒军阀的准备工作。这里面的同事大都抱着升官的目的，他们常常以此告人，再无别种抱负了！做官是现在人所最羡慕最希望的，其实做官是现在最容易的事，然而中国的国事便断送在这般人的手中！我将要率同我们最神圣最勇敢的赤卫军扫除这般祸国殃民的国妖！做官？我永不曾有这个念头！父亲也不致有这种希望于我吧。

　　我现在的身体比到此的时候更好了，每天起居饮食比上海更有秩序而且安宁。我自己极快乐，我的身体这样康强，精神上也颇觉自慰。我

59

是最重视身体的人，知道身体不好是人生一桩最苦楚的事，社会上什么事更不用说干了。这一点尽可请父母亲放心。

家中现在如何？我很记念。我所最挂心着还是这些弟妹不能个个受良好的教育，使好好一个人不能养成社会上有用的人——更想到比我弟妹的命运更不好的青年们，我们不能不诅咒现在的制度杀人之残惨了！我在最近的将来恐还不能帮助家中什么，这实在没法想呢。请你们暂且恕我，我将必定要总报答我最可爱的人类！我好，祝我父亲、母亲和一切都好！

秀　松

中华民国十二年一月十日

于福州布司埕

⭐ 注释和品读

① 俞秀松（1899—1939），又名余寅初，浙江诸暨人。五四运动时是杭州学生运动领袖。1920年春参加上海马克思主义研究会，同年8月加入中国共产党。1922年，受命在杭州组建共青团。同年8月，以个人名义加入中国国民党，赴福州参加孙中山领导的北伐军，讨伐陈炯明。1925年率领中共中央选派的103人赴莫斯科中山大学学习。1935年受苏共派遣支援新疆，出任省立一中校长和新疆学院院长，并担任反帝联合总会秘书长。后被诬为托派，1938年苏联进行肃反，将俞秀松押回莫斯科，次年被枪毙。1962年5月15日，被追认为烈士。

② 滇军桂军已集中肇庆一句，指的是陈炯明在广州发动叛乱后，孙中山取得滇军杨希闵部、桂军刘震寰部支持，准备收复广州。1923年1月，滇军、桂军在肇庆集中，即将进攻广州。

　　这是俞秀松 1923 年 1 月 10 日写给父母的一封信，汇报自己决意从事军事斗争的打算，表达了打倒军阀、解救人民的崇高理想。信的内容主要有三层意思：一是介绍近况。他告诉父亲，自己参与孙中山组织的军事收复广州行动，随滇军桂军已集中在肇庆，职责是接发军事电报。这个工作有利于学习军事知识。二是表达自己的志向。俞秀松告诉父亲，自己的志向是"救中国最大多数的劳苦群众"，而解救劳苦群众的当务之急，则是打倒军阀。因此，他立志进军队学习军事知识，为打倒军阀做准备。同时，他明确说，做官是当时人们的最大抱负，但自己不追求做官，而是要率同我们最神圣最勇敢的赤卫军扫除这般祸国殃民的国妖！三是交流了一些家常，宽慰父母，问候弟妹。

　　俞秀松是早期的中国共产党员，很早就参加了党的工作和中华民族的解放事业。在这封写于 1923 年 1 月的信中，俞秀松鲜明而又坚决地表达了自己的初心——"要救中国最大多数的劳苦群众"。这是那个时候的时代强音，也是一代代中国共产党人的共同追求。今天，我们坚持为中国人民谋幸福、为中华民族谋复兴的初心和使命，正是对解救中国最大多数劳苦群众革命追求的继承和发展。

阅读
感悟

救人民于涂炭
拼死力与国际帝国主义者相反抗

——关向应① 致叔父关成顺（1924 年）

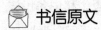 书信原文

叔父尊前：

　　谕书敬读矣。寄家中的信之可疑耶？固不待言，在侄写信时已料及，家中必为之疑异，怎奈以事所迫，不得不然啊！侄之入上海大学之事，乃系确实，至于经济问题，在未离连② 以前，已归定矣，焉能一再冒昧？当侄之抵沪，为五月中旬，六月一日校中即放假，况且侄之至沪，虽系读书，还有一半的工作，暑假之不能住宿舍耶，可明了矣。至于暑假所住之处，乃系一机关，尤其是秘密机关，故不姿意往还信件，所谓住址未定，乃不得已耳。

　　至侄之一切行迹，叔父可知一二，故不赘述。在此暑假中，除工作外，百方谋划，始得官费赴俄留学，此亦幸事耶。侄此次之去俄，意定六年返国③，在俄纯读书四年，以涵养学识之不足，余二年，则作实际练习，入赤俄军队中，实际练习军事学识。至不能绕道归家一事，此亦憾事。奈事系团体，同行者四五人，故不能如一人之自由也，遂同乘船车北上，及至奉天④、哈尔滨等处，必继续与家中去信，抵俄后若通信便利，必时时报告状况，以释家中之念。

侄此次之出也，族中邻里之冷言嘲词，十六世纪以前的人，所不能免的。家中之忧愤，亦意中事。"儿行千里母担忧"之措词，形容父母之念儿女之情至矣尽矣，非侄之不能领悟斯意，以慰父母之暮年，而享天伦之乐，奈国将不国、民将不民何？"天下兴亡，匹夫有责"，爱本斯义，愿终身奔波，竭能力于万一，救人民于涂炭，牺牲家庭，拼死力与国际帝国主义者相反抗。此侄素日所抱负，亦侄唯一之人生观也。

以上的话并非精神病者之言，久处于……（原文此处若干字被涂抹。旁注有：这一段不能明写，领会吧！）出外后之回想，真不堪言矣，周围的空气，俱是侵略色彩，黯淡而无光的，所见之一切事情，无异如坐井观天，最不堪言的事，叔父是知道的，就是教育界的黑暗，竟将我堂堂中华大好子弟，牺牲于无辜之下，言之痛心疾首！以上是根据侄所受之教育，来与内地人比较的观察，所发的慨语！叔父是久历教育界的，并深痛我乡教育之失败，也曾来内地视察过，当不至以侄言为过吧。

临了，还要敬告于叔父之前者，即是：侄现在已彻底的觉悟了，然侄之所谓之觉悟，并不是消极的，是积极的；不是谈恋爱，讲浪漫主义的……是有主义的，有革命精神的。肃此，并叩
金安

侄向应　禀
（改名向应）⑤

成顺叔父尊前：
　　代看完交成羽叔父，肃此敬请
金安
　　家中还恳请
　　叔父婉转解释以释念

⭐ 注释和品读

① 关向应 (1902—1946)，满族，辽宁大连人。1924 年春参加中国社会主义青年团，1925 年 1 月转为中国共产党党员。1924 年年底，赴苏联入莫斯科东方劳动者共产主义大学学习。回国后主要从事工人运动和共产主义青年团工作。1928 年 7 月当选为中共中央政治局候补委员，并担任共青团中央委员会书记。1930 年调中央军委和长江局工作，曾任中共中央军委常委、书记，中共中央政治局委员，中共中央长江局军委书记等职。1932 年 1 月被派往湘鄂西革命根据地，曾任中共中央湘鄂西分局委员、湘鄂西军事委员会主席、中国工农红军第三军政治委员、中共中央西北局委员、红二军团政治委员。1935 年 11 月，同贺龙、任弼时等指挥红二、红六军团长征。抗日战争全面爆发后，曾任八路军第一二〇师政治委员。参与创建晋西北抗日根据地。1940 年 2 月起任晋西北军区政治委员、晋绥军区和陕甘宁晋绥联防军政治委员、中共中央晋绥分局书记。第六、第七届中央委员，第六届中央政治局候补委员、委员。1946 年 7 月 21 日在延安病逝。

② 连，指大连。

③ 1925 年五卅运动爆发后，关向应被调回国工作，在苏联留学时间只有半年多。

④ 奉天，指辽宁省沈阳市。

⑤ 关向应原名关致祥。

这是关向应 1924 年赴苏联学习前写给叔父关成顺的一封信，谈了自己的近况，介绍了赴苏学习的计划，同时明确表达了自己救国救民的人生观和政治追求。

该信主要有四层意思。其一，介绍自己在上海半工半读的生活，提到暑期工作的机密性质。其二，报告下一步赴俄学习的计划。他谈到，计划在俄居留六年，学习四年，在红军实习两年，意在练习军事知识。其三，畅谈人生观。他说，"天下兴亡，匹夫有责"，在国将不国、民将不民的形势下，为救人民于涂炭，只有牺牲家庭，拼死力与国际帝国主义者相反抗。其四，点到即止谈了自己的政治信仰。他说："侄现在已彻底的觉悟了，然侄之所谓之觉悟，并不是消极的，是积极的；不是谈恋爱，讲浪漫主义的……是有主义的，有革命精神的。"这里说的主义，就是马克思主义。

关向应是我党我军卓越的政治工作领导者和优秀军事指挥员。在长期的戎马征战中，关向应积劳成疾。但他始终忍受着病痛，以惊人的毅力带病在艰险的战争环境中拼力工作，为了中华民族的解放事业奋斗不息。在短暂而辉煌的一生中，他为中国人民的解放事业建立了不朽的功勋。毛泽东赞颂他"忠心耿耿，为党为国"。关向应的这封信，点睛之笔在于鲜明阐述自己唯一之人生观："愿终身奔波，竭能力于万一，救人民于涂炭，牺牲家庭，拼死力与国际帝国主义者相反抗。"这是当时年仅22岁的关向应救国救民、抵抗外侮的初心。从此，这个初心，激励着他为党的事业兢兢业业，直至鞠躬尽瘁。

阅读感悟

此行也愿拼热血头颅 战死沙场以博一快

——袁国平① 致母亲刘秀英（1927 年 5 月 25 日）

 书信原文

亲爱的母亲：

　　一九二七年五月顷，反革命谋袭武汉②，形势岌岌，革命志士，莫不愤恨填膺，舍身赴敌。

　　斯时，余在第十一军政治部服务，也奉命出发鄂西，抗御强寇，此行也愿拼热血头颅，战死沙场以博一快，他日儿若成仁取义，以此照为死别之纪念。

　　万一凯旋生还，异日与阿母重逢再睹此像，再谈此语，其快乐更当何如耶！

儿　醉涵③

于武昌整装待发之际

1927 年 5 月 25 日

⭐ **注释和品读**

① 袁国平（1906—1941），湖南邵东人。1926年1月考入广州黄埔军校第四期，并加入中国共产党。同年7月随军北伐。10月，调国民革命军第十一军政治部工作。四一二反革命政变后，参加了平定夏斗寅叛乱的战斗。1927年，先后参加了南昌起义和广州起义。1928年1月，率部转移到海丰，参与领导创建东江革命根据地的斗争。1929年，被派往湘鄂赣根据地，先后任中共湘鄂赣特委委员兼宣传部部长、红五军代政委、红五军政治部主任等职。1930年年初，当选为红四、红五、红六军前委委员。6月，任红三军团政治部主任，之后协助彭德怀等率红三军团攻占长沙，在长沙城内采取各种形式宣传中国共产党和中国工农红军的方针政策。8月，任红一方面军总政治部副主任兼红三军团政治部主任，同时兼红八军政治委员、政治部主任等职。曾先后参加了第一至第四次反"围剿"作战，两次入闽作战。第五次反"围剿"失败后，随军参加长征。1935年9月，任北上先遣支队第二纵队政治部主任。长征到达陕北后，先后任西北革命军事委员会后方政治部主任，中国工农红军学校第三科政委，红军教导师政委，抗日军政大学政治部主任和二分校（即庆阳步兵学校）政委等职。1937年8月，任中共陇东特委书记兼八路军驻陇办事处主任。1938年春，任新四军政治部主任、中共中央军委会新四军分会常务委员，参加开辟华东抗日根据地的斗争。1941年1月，在皖南事变中牺牲。

② 反革命谋袭武汉，指夏斗寅1927年5月17日在宜昌发动叛乱，攻打武汉，后为叶挺领导的国民革命军第十一军击败。

③ 袁国平原名袁幻成，又名袁裕，字醉涵。

这是袁国平1927年5月25日写给母亲刘秀英的信，体现了他为革命舍身杀敌的豪迈气概。信的大意为：1927 年 5 月，夏斗寅在宜昌发动叛乱攻打武汉，形势危急，革命志士都舍身参加战斗；此时，袁国平正在国民革命军第十一军政治部工作，立下遗书，愿拼热血头颅，战死沙场，成仁取义；如果生还，则将与母亲共庆胜利。这封信十分简短，但字字千钧，痛快淋漓地表达了甘为革命拼热血头颅的豪情壮志，表现了为党的事业甘愿慷慨赴死的大无畏精神。

阅读
感悟

个人生命　早置度外

——王若飞① 致表姐夫熊铭青（1933 年 1 月）

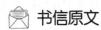 书信原文

铭兄：

　　岁尾年头，最易动人怀抱。况我今日处境更觉百感烦心，念国难之日急，恨身之蹉跎，冲天有志，奋飞无术②。五更转侧，徒唤奈何！虽然楚囚对泣，惟弱者而后如此。至于我辈，只有隐忍以候。个人生命，早置度外。居狱中久，气血渐衰，皮肉虚浮，偶尔擦破，常致溃烂。盖缘长年不见日光，又日为阴湿秽浊所熏染。譬之楠梓豫章之木③，置之厕所卑湿之地，亦将腐朽剥蚀也。又冬令天短，云常不开；又兼房为高墙所障，愈显阴黑，终日如在昏暮中，莫能细辨同号者面貌。人间地狱，信非虚语。有人谓矿工生活，是埋了没有死，大狱生活，是死了没有埋。交冬以来，吾日睡十四小时（狱规：晚六时即须就寝，直至翌晨八时天已大明方许坐起），真无殊长眠。当吾初入狱时，见一般老号友对于囚之死者，毫无戚容，反谓"官司打好了"，深诧其无情。后乃知彼等心理皆以为与其活着慢慢受罪，反不如死爽快也。

　　以上琐琐叙述大狱生活，吾兄阅后，或将以为弟居此环境中，将如何哀伤痛苦，其实不然，弟只有忧时之心。一息尚存，终当努力奋斗。现时所受之苦难，早在预计之中，为工作过程所难免，绝不值什么伤痛

也。因此弟之精神甚为健康，绝不效贾长沙④之痛哭流涕长叹息；惟坚忍保持此健康之精神。如将来犹有容我为社会工作之机会，固属万幸。否则亦当求在狱能比较健康而死。弟并无丝毫悲观颓丧之念也。与吾同号者，尚有五人，彼等官司皆在十年以上，时常咨嗟太息，以为难望生出狱门，我尽力慰解彼等，导之有希望，导之识字读书，导之行乐开心（下棋唱歌），一面使彼等有生趣，一面使我每日的生活亦不空虚。当彼等诅咒此大狱生活时，我尝滑稽地取笑说："我们是世间上最幸福的人。每天一点事不做，一点心不操，到时候有人来请睡，一睡就是十四点钟；早上有人来请起，饭做好了就请我们吃；难道还不够舒服么？"同时又叙述遭受天灾或兵灾区域难民的痛苦，冰天雪地中沙场战士的生活，我们较之，实已很舒服。自然任何人都愿在沙场征战而死，不愿享受大狱的舒服。吾之为此言，一面取笑，一面亦示人世间尚有其他痛苦存在，不可只看到自己也。即如吾兄现时之生活，想来亦必有许多难处，不过困难内容性质与弟完全不同耳。弟处逆境，与普通人不同处，即对于将来前途，非常乐观。这种乐观，并不因个人的生死或部分的失败、一时的顿挫，而有所动摇。弟现时所最难堪者，为闲与体之日现衰弱，恨不能死于战场耳！每日天将明时，枕上闻军营号声，不禁神魂飞越！嗟乎！吾岂尚有重跃马于疆场之日乎？

一九三三年一月

⭐ **注释和品读**

① 王若飞（1896—1946），贵州安顺人。青年时代曾参加过辛亥革命和讨袁运动。1919 年 10 月，赴法国勤工俭学。1922 年 6 月，与赵世炎、周恩来等发起成立旅欧中国少年共产党，积极从事马克思主义的宣传，同年秋加入法国共产党。1923 年 4 月，转为中国共产党党员。1923

年赴苏联入莫斯科东方劳动者共产主义大学学习。1925 年 3 月回国，先后任中共北方区委巡视员、中共中央训练部主任、中共豫陕区委书记。1926 年调上海任中共中央秘书部主任。大革命失败后，先后任中共江苏省委常委、农民部部长和宣传部部长。1928 年 6 月，赴莫斯科出席中国共产党第六次全国代表大会，后任中共驻共产国际代表团成员、中国农民协会驻农民国际代表，并入列宁学院学习。1931 年回国，在包头因叛徒出卖被捕。1937 年获释。同年 8 月到达延安，先后任中共陕甘宁边区委员会宣传部部长、统战部部长。1938 年起任中共中央华中工作委员会、华北工作委员会秘书长，兼任八路军副参谋长。1940 年起历任中共中央秘书长、中央党务委员会主任等职。1944 年 11 月起任中共南方局工委书记，主持南方局日常工作。1945 年 6 月，在中共七大上当选为中央委员。同年 8 月，随毛泽东、周恩来赴重庆同国民党谈判。1946 年 1 月，代表中共方面出席在重庆召开的政治协商会议。同年 4 月 8 日，由重庆返回延安途中因飞机失事于山西省兴县黑茶山遇难，终年 50 岁。

②"恨身之蹉跎"一句，指的是王若飞在包头被逮捕入狱。王若飞 1928 年赴苏联参加中共六大后，担任中共驻共产国际代表团成员。1931 年回国后，因叛徒出卖，在内蒙古包头被国民党反动派逮捕，至 1937 年出狱。

③ 楠梓豫章之木，指楠木、梓木、豫章木，其木质坚硬耐腐。

④ 贾长沙，指西汉文学家贾谊，曾任长沙王太傅，后任梁怀王太傅。梁怀王坠马死后，贾谊常常伤感哭泣，不久病逝。

这是王若飞 1933 年 1 月写给表姐夫熊铭青的一封信。当时，王若飞被关押在内蒙古包头已有一些时日，处境十分艰难，暂时也看不到出狱的希望。在恶劣的环境中，王若飞大义凛然，毫不气馁，而且还坚持进行斗争。这封致表姐夫的信，介绍了狱中生活状况，表达了不畏艰险、百折不挠的革命精神。

信的大意有四层：其一，表达壮志难酬的痛苦和置生死于度外的豪迈气概。正值岁尾年头最易动人感情，他百感交集，写道："念国难之日急，恨身之蹉跎，冲天有志，奋飞无术。""至于我辈，只有隐忍以候。个人生命，早置度外。"其二，介绍狱中以苦作乐的生活状况。他介绍，由于久居狱中，长年不见日光，环境阴湿秽浊，气血衰退，皮肉虚浮，偶尔擦破，常致溃烂。"人间地狱，信非虚语。"监狱里，终日如在昏暮，甚至不能细辨同号者面貌。冬季被要求晚6时须就寝、晨8时方许坐起，每天睡14小时。他形象地比喻"有人谓矿工生活，是埋了没有死，大狱生活，是死了没有埋"。其三，介绍不屈不挠的狱中斗争。他说："一息尚存，终当努力奋斗。"苦难早在预计之中，绝不值得伤痛，并无丝毫悲观颓丧之念。信中还谈及自己对狱友的开导、教诲和帮助，包括"导之有希望，导之识字读书，导之行乐开心"等。其四，表达乐观精神。他说："弟处逆境，与普通人不同处，即对于将来前途，非常乐观。"信末，还勾画了重返军营跃马于疆场的愿望。

"死里逃生唯斗争，铁窗难锁钢铁心！"这封信反映了王若飞狱中苦难生活的真实处境，折射出了他在狱中不屈不挠、坚持斗争的崇高气节。当时，监狱当局为了破坏狱中斗争，打破了"共产党政治犯"单独囚禁的常规，先后把普通犯人与政治犯关押于一处，企图让他们监视王若飞的行动，并要求按时向上"报告"。王若飞耐心机智地对这些人进行开导、教育，深入宣传革命真理，结果竟然将监狱变成了"革命者的学校"。很多难友提高了觉悟，与共产党人站在一起，展开更大规模的狱中斗争。经过长期的斗争和党组织的营救，关押6年后王若飞终于获释，实现了重新跃马于疆场、枕上闻军号的愿望。王若飞这封反映监狱斗争的信，读来朗朗上口，既有铿锵表达又有细致描写，既有慷慨陈词又有时局关怀。全信表现出了王若飞信仰越经磨炼越坚定、意志越经砥砺越顽强的高贵品质，对激励共产党人克服艰难险阻、战胜各种挑战具有特殊的教育意义。

阅读
感悟

中国只有这一条光明大道

——吴玉章^①致侄子吴端甫（1944 年 12 月 8 日）

✉ 书信原文

端侄如握：

得十月十八日函，知你将家事处理就绪即可来此，至为欣慰，日望能早日见面。林老^②回，谈及与你畅谈数次，亦望你来襄助，他觉得你对于家事尚无大困难，似乎还有些顾虑。我以为这是你还未深知此间情形及将来的趋势。此间生活是安定而有生气，我认为中国只有这一条光明大道，你一定是相信我的。你学得一专门技能必须用于有用之地，方不负数十年的苦心。你来于公于私都有大益，务希你下大决心，立刻将事务办妥，早日成行为幸。家庭安置在乡僻之区为好，子女能来更好。余俟面谈，即问近好！

叔　字
十二月八日

大林^③家兑来一万元已收到，钱存我处。因为他下乡工作未归，未能写信回家，请转告家中，以免悬望。陵^④及家中未及写信，可转告他们我身体很好勿念。表的发条等件已收到。双双^⑤等均好，入科学院学习并参加工厂实习，甚有进步。此间人人是丰衣足食，过着愉快的生活。我家离公路太近不免喧嚣，或者能入深山居住较好。又及。

✪ 注释和品读

① 吴玉章 (1878—1966)，原名永珊，四川荣县人。历经戊戌变法、辛亥革命、讨袁战争、北伐战争、抗日战争、解放战争、新中国建设而成为跨世纪的革命老人，与董必武、徐特立、谢觉哉、林伯渠一起被尊称为"延安五老"。吴玉章从参加同盟会到参加中国共产党，从参加孙中山先生领导的旧民主主义革命到参加中国共产党领导的新民主主义革命、社会主义革命，为社会进步、民族解放和社会主义建设、党的事业奋斗一生。是中共六届、七届、八届中央委员。中华人民共和国成立后，被选为第一、二、三届全国人民代表大会常务委员。任中国人民大学校长 17 年，桃李满天下。兼任国务院文字改革委员会主任、全国教育工会主席、中国自然科学普及协会主席等职。

② 林老，指林伯渠。

③ 大林，指吴大林，吴玉章的侄子。

④ 陵，指吴震寰，吴玉章的儿子。

⑤ 双双，指吴大兰、吴小兰，吴玉章的外孙女。

这封信是吴玉章写给侄儿的家书，重点教育引导侄儿投身革命事业，更好地发挥技术专长。作为我国杰出的无产阶级革命家、教育家，中国人民大学的创始人，吴玉章不仅自幼立志要"做点有益于人有益于国的事情"，自己在革命生涯奋斗不懈，而且为中国共产党培养造就了一大批优秀的领导干部和专家学者。吴玉章等发起和推动的留法勤工俭学运动，为中国革命和建设培养和造就了一批政治家、革命家、军事家、教育家、科学家。

吴玉章致侄儿的这封信，言简意赅，很好地发挥了教育引导作用。

该信主要有两重意思：其一，说明革命圣地延安的工作和生活富有生机，阐明延安的道路是中国未来发展的正确道路。他说："此间生活是安定而有生气，我认为中国只有这一条光明大道，你一定是相信我的。"其二，说明年轻人要学有所用，知识技能用当其地、用当其时，于国于己都是莫大的好事。他说："你学得一专门技能必须用于有用之地，方不负数十年的苦心。你来于公于私都有大益。"他还鼓励侄儿早日下定决心，尽快来延安。

这封信的内容简要明白，最大的亮点是提出"中国只有这一条光明大道"的正确论断。简单的几句话，介绍延安的生活安定而又富有生机，不容置疑地阐明了中国共产党的领导是中国走出困境、实现振兴的光明大道，吸引侄儿投奔革命圣地。关于专门技能的论述，既务实地谈了学有所用的常识，又扼要地阐明了事业需要人才、人才成就事业的思想。应该说，这是我们党早期的人才理论。这一思想，可以看作"人才强国"战略、"党管人才"思想的一个源头。

阅读
感悟

国家未来的伟大前途寄托在
你们青年一辈的身上

——邓发[①] 致堂弟邓碧群（1946 年 1 月 21 日）

 书信原文

碧群：

　　抗战[②] 八年，我虽未死于战场，但头发却已斑白了，但我比起遭难的同胞，战场牺牲之英雄，不但算不得什么，而且感到无限惭愧！国家所受破坏是惨重的，人民的牺牲，房屋的被蹂躏，这一切固然付出了巨大的代价，然而中华民族不但在东方而且在全世界站立起来了。倘若国内和平建设十年八年，中国就会成为世界头等强国，人民生活文化将大大的提高。国家未来的伟大前途都寄托在你们青年一辈的身上。现在你在高中肄业[③] 当然很好，如果可能的话，我希望你能进大学。同时希望你功课之外，应多阅些课外书籍和文学著作，以增加一些课外知识。

　　宏贤叔父在努力办学，这是个好消息，你若有暇，应帮助叔父，一则可以锻炼办事本领，二则可予叔父一些鼓励。我不敢对你有所指教，只提供一点意见作你参考而已。

　　兹附上照片两张以作纪念！在不妨碍你功课条件下，望常来信为盼！

　　顺祝

学习进步

元　钊④

一月廿一日草于渝市

⭐ 注释和品读

① 邓发 (1906—1946)，广东云浮人。1922 年参加香港海员大罢工。1925 年加入中国共产党。同年，参加省港大罢工和东征战役。1927 年参加广州起义。1928 年后任中共香港市委书记、广州市委书记、广东省委组织部部长。1930 年后任闽粤赣边特委书记、中央工农民主政府执行委员兼政治保卫局局长。长征中任纵队政治委员。抗日战争期间任中共驻新疆代表、中共中央党校校长、中共中央职工运动委员会书记、民运委员会书记。在中共六届三中全会和第七次全国代表大会上当选为中央委员，六届五中全会上当选为政治局候补委员。1945 年 9 月，代表解放区职工出席在巴黎召开的世界职工代表大会。1946 年 4 月 8 日，同博古、叶挺、王若飞等人一同由重庆返回延安时，因飞机失事在山西省吕梁市兴县黑茶山遇难。

② 指全面抗战。

③ 邓碧群当时在香港读书。

④ 邓发又名邓元钊。

这是邓发 1946 年 1 月 21 日写给在香港读书的堂弟的家书。其时，抗战刚刚胜利，邓发表达了抗战胜利的喜悦和对祖国美好未来的憧憬，鼓励堂弟继续在学校加强学习，帮助叔父工作并提高办事本领。信的大意有三层：一是表达对抗战胜利的欣慰。他说，国家在战争中付出了巨大的代价，人民遭受了很大的牺牲，但中华民族终于打败了侵略者，中华民族不但在东方而且在全世界站立起来了。二是展望美好未来。他认为，如果中国能够进行十年八年的和平建设，就会成为世界强国。三是鼓励堂弟继续深造。信中提出"国家未来的伟大前途都寄托在你们青年一辈的身上"的判断，激励堂弟学习文化知识，在实干中学习办事本领。邓发是党内出身于无产阶级的领导人，他很早就辍学做勤杂工，在领导工会工作和组织工人大罢工方面作出了突出的贡献。抗日战争胜利后，他写给堂弟的这封信，从自己参加革命实践的感受说起，激励堂弟继续在大学深造，为开拓国家未来的伟大前途做准备。邓发自己读书不多，但他重视读书，鼓励堂弟多学文化知识、多学办事本领，体现了重视知识、尊重人才的可贵品质。信中表达的思想认识，朴素实在、乐观向上，展现了共产党人振兴中华的追求，展现了革命者对祖国日益强大的强烈期盼，展现了亲人之间互相关心互相激励的良好品德，值得今天广大党员牢牢记取并在各自的岗位上切实加以践行。

阅读
感悟

四、修身正己

绝不能为一身一家谋升官发财以愚懦子孙

——何叔衡① 致义子何新九（1929年2月3日）

📧 **书信原文**

新九阅悉：

接十一月祖父冥寿期，由葆②代笔之信，甚为感慰。我承你祖父之命，托你为嗣，其中情节，谁也难得揣料。惟至此时，或者也有人料得到了！现在我不妨说一说给你听：一、因你身瘠弱，将来只可作轻松一点的工作；二、将桃媳早收进来；三、你只能过乡村永久的生活，可待你母亲终老。至于我本身，当你过继结婚时，即已当亲友声明，我是绝对不靠你给养的。且我绝对不是我一家一乡的人，我的人生观，绝不是想安居乡里以善终的，绝对不能为一身一家谋升官发财以愚懦子孙的。此数言请你注意。我挂念你母亲，并非怕她饿死、冻死、惨死，只怕她不得一点精神上的安慰，而不生不死的乞人怜悯，只知泣涕。

我现在不说高深的理论，只说一点可做的事实罢了。1. 深耕易耨的作一点田土；2. 每日总要有点蔬菜吃；3. 打长③要准备三个月的柴火；4. 打长要喂一个猪；5. 看相、算命、求神、问卦及一切用香烛钱纸的事（敬祖亦在内），一切废除；6. 凡亲戚朋友，站在帮助解救疾病死亡、非难横祸的观点上去行动，绝对不要作些虚伪的应酬；7. 凡你耳目所能听见的，手足所能行动的，你就应当不延挨、不畏难的去做，如我及芳宾等你不能顾及的，就不要操空心了；8.绝对不要向人乞怜、诉苦；9.凡一次遇见你大伯、三伯、周姑丈、袁姊夫、陈一哥等，要就如何做人、持家、待友、耕种、畜牧、事母、教子诸法，每一月要到周姑丈处走问一次，每半月到大伯、七婶处走一次，每一次到你七婶处，就要替她担水、提柴、买零碎东西才走，十九女可常请你母亲带了，你三伯发火时，你不要怕，要近前去解释、去慰问；10.你自己要学算、写字、看书、打拳、打鸟枪、吹笛、扯琴、唱歌。够了！不要忘记呀！你接此信后，要请葆华来（要你母亲自己讲，她的口气，我认得的），请她写一些零碎的事给我。

父

二月三号

（十二月二十三日）④ 笔

✪ 注释和品读

　　① 何叔衡（1876—1935），湖南宁乡人，中共党员，中共一大代表。清末秀才，1913年考入湖南省立第一师范。1914年，在长沙结识了志同道合的毛泽东，二人成为挚友。1918年4月，与毛泽东、蔡和森等组织成立新民学会，任执行委员长。1920年，参加长沙共产主义小组。1921年7月出席中共一大。会后，任中共湘区委员会委员。1928年赴苏联莫斯科中山大学，与徐特立、吴玉章、董必武、林伯渠等被编在特别班一起学习。1930年回国，任共产国际救济总会和全国互济会主要负责人。次年11月，赴中央苏区，历任中华苏维埃共和国中央执行委员会委员、临时中央政府工农检察人民委员、内务人民委员部代部长和中央政府临时最高法庭主席等职。1934年10月，红军主力长征后，留在根据地坚持游击战争。1935年2月24日，从江西转移去福建途中，

在长汀突围战斗中壮烈牺牲。

②葆，指袁葆华，何新九的堂姐夫。

③打长，即经常的意思。系湖南宁乡方言。

④落款时间为1929年2月3日，括号内为农历。

何叔衡写给义子何新九的这封信，直率地阐明了自己不为一身一家谋升官发财的人生观，同时细致入微地教导他待人接物。行文直截了当，简洁明了，很好地达到了教育引导孩子的目的。

该信的大意有三重。其一，说明认领义子的缘由。文中提到，托何新九为嗣，乃是其祖父之命，目的无非有三。对此，信的第一段作了明确交代。同时，毫不含糊地申明，自己绝对不靠其给养，不会给义子增加负担。其二，阐明自己的人生观。他说："我的人生观，绝不是想安居乡里以善终的，绝对不能为一身一家谋升官发财以愚懦子孙的。"这些掷地有声的话语，不谋升官发财的信念，不仅是重要的家训，也足以告诫纷繁世界的众生，足以引起广大仁人志士共勉。其三，条理清晰地讲事实，摆道理，从十个方面教导义子如何待人接物。这些教导具有很强的可操作性，足以让人明确其意思并加以遵循。

今天，阅读何叔衡的这封直率抒情、点点滴滴认真教导子女的家书，回望早期中国共产党人矢志报国、追求真理的脚步，遥想先烈为了革命事业义无反顾、舍生忘死的壮举，不能不为之折服。何叔衡作为晚清秀才，却不迂不腐。他果敢地跟上时代的步伐，义无反顾地踏上革命道路，不辞劳苦远赴苏联学习，回国后在根据地出生入死，直至英勇牺牲始终初心不改。其高贵品格值得永远铭记。

阅读
感悟

你们如需我党录用
要比他人更耐苦更努力

——徐特立① 致女儿徐静涵（1949年8月）

 书信原文

静涵吾儿：

七月十五日信收到，二十二年来未得到你信。一九二八年我在上海探听你因写标语下狱，一九二九年在莫斯科又有人告诉我你和夏某到了长沙，抗日初我回家你母也不知道你的下落。我估计你已不在人世了，因为抗战前后我们的党已在南京、上海、汉口公开，但未见你向我党探问，又无家信。忽然接到你的信，也只十数行，你何时与铮吾② 结婚，你们的职业若何，生活状况若何，是否生有儿女，一字未提。是否你已写信给你的母亲，你的母亲是否尚在人世，我不知道，也未见你提及。厚本③ 在一九三八年秋患肠热症，死在医院，至今十一年了你母还不知道，所有亲戚朋友都瞒着她，恐怕她忧郁成神经病。一九二七年笃本④ 之死，你母十年神经昏乱，不能再加刺激。你如写信回家，不宜言及你弟之死。厚本和刘氏女⑤ 结婚生了一女儿，刘未改嫁，改从夫姓名徐乾，已加入了我党八年，由一家庭妇女成了一知识分子。你妹柏青⑥ 与卢姓⑦ 结婚，已男女成群，虽在高小毕业，文字和知识都不及徐乾远甚，不能独立生活。

一九二八年我到上海你正在狱中，我以为你如果不是共产党也是一个革命的群众，今接你的信没有一字谈及，希望你把二十年来的生活、工作、学问写信告我。你们夫妇谅有职业，可不来北平。你是否回家来信未提及，你如有职业不可轻脱离，回家后需要仍能到现在的岗位工作。我已七十四岁，每天还要做八小时以上的工作，生活费公家尽量给我，但时局艰难我不敢多开支，所以我不望你北上。你们夫妇既能在上海大城市生活，谅有谋生之技能，或到长沙或仍在上海均好。你们如果需要我党录用，那么需要比他人更耐苦更努力，以表示是共产主义者的亲属。事忙不暇多写，祝你们夫妇进步、健康，做一个共产党的好朋友一直加入党为盼。

特立

八月

⭐ 注释和品读

① 徐特立（1877—1968），原名徐懋恂，又名徐立华，字师陶，湖南长沙人。1911 年参加辛亥革命，1913 年任长沙师范学校校长。1919年远赴法国勤工俭学。1927 年 5 月，在白色恐怖中毅然加入中国共产党，参加南昌起义。1928 年到苏联莫斯科中山大学学习。1930 年回国后进入中央革命根据地。1931 年 11 月，当选为中华苏维埃共和国中央执行委员会委员，任中华苏维埃共和国临时中央政府教育部代部长。1934年，以 57 岁的高龄参加长征。抗日战争全面爆发后，以八路军高级参谋长的名义任八路军驻湘办事处主任，后任中共中央宣传部副部长。新中国成立后，曾任中央人民政府委员会委员，中共第七、八届中央委员。1968 年 11 月在北京逝世，享年 91 岁。

② 铮吾，指陶铮吾，徐静涵的丈夫。

③ 厚本，指徐厚本，徐特立的儿子。

④ 笃本，指徐笃本，徐特立的儿子。

⑤ 刘氏女，指刘萃英，徐厚本之妻，1940 年改名徐乾。

⑥ 柏青，指徐柏青，徐特立的女儿。

⑦ 卢姓，指卢振声，徐柏青的丈夫。

徐特立是德高望重的老一辈无产阶级革命家、政治家、杰出的社会活动家，他与董必武、林伯渠、谢觉哉、吴玉章等老同志在党内被尊称为"延安五老"，具有很高的威望。1927 年 4 月国民党右派公开叛变革命，此时徐特立拒绝了反动派对他的拉拢、利诱，毅然决然地抛弃一切，冒着杀头的危险加入了中国共产党，成为一名坚强的共产主义战士。从此，无论遇到多少艰难险阻，毕其一生尽心尽力为共产主义事业而奋斗。毛泽东称赞他是"坚强的老战士"，"革命第一，工作第一，他人第一"。前文提到，毛泽东曾经写信说："你是我二十年前的先生，你现在仍然是我的先生，你将来必定还是我的先生。"这是徐特立 1949 年 8 月写给女儿徐静涵的一封信，信中徐老告诉女儿父女分别后的家庭变故，鼓励她通过努力工作取得进步。尤其是，他不容置疑地告诉女儿，如果需要我党录用，那么需要比他人更耐苦更努力，体现出了老一辈无产阶级革命家严格的自律精神。

这封信主要有两层意思。第一层意思，充满慈爱地交流别后家里的状况。首先，徐老非常关切地询问女儿女婿职业和生活状况，了解是否生儿育女。其次，关切地交流家里诸位亲人的变故和近况，尤其交代为避免给老伴造成精神刺激，不要告诉她儿子去世的消息。作为 22 年来的第一次交流，这些话读来亲切而又感人。真实反映了烽烟四起的战争年月，革命家庭亲人颠沛流离的现实。第二层意思，对女儿女婿的未来发展提出严格要求。徐老要求女儿女婿珍惜现有的职业，鼓励他们继续在上海或者到长沙工作。尤其可贵的是，此时北平已经解放，我们党已经入驻北平。但是，徐老提出，时局艰难，为不增加开支，建议女儿不要北上。他还专门说，正因为女儿女婿是他作为共产主义者的亲属，如果需要我党录用，则必须比他人更加耐苦更加努力。信末，他要求女儿女婿不懈努力，争取入党。

作为党内的元老，徐特立如此严格自律，不但不让子女因他而得到关心照顾，反而要求子女因他是共产主义者而要比他人更加耐苦更加努力。这样的自律精神，看似苛刻，实则是共产党人先人后己、先集体后个人政治理念的具体体现。党的十八大以来，习近平总书记多次要求注重家风建设，强调家庭的前途命运同国家和民族的前途命运紧密相连，国家好，民族好，家庭才能好。当前，我们在新的起点上担负新的历史使命，面对各种复杂的挑战和考验，面对各种诱惑和风险，就要努力进行家风建设，继承和发扬徐特立等老一辈无产阶级革命家从严律己、从严律亲、从严治家的可贵品质。

阅读
感悟

一切按正常规矩办理　不要使政府为难

——毛泽东致妻兄杨开智①（1949年10月9日）

✉ 书信原文

杨开智先生：

　　希望你在湘听候中共湖南省委分配合乎你能力的工作，不要有任何奢望，不要来京。②湖南省委派你什么工作就做什么工作，一切按正常规矩办理，不要使政府为难。

毛　泽　东

十月九日

★ 注释和品读

　　① 杨开智，是杨开慧的哥哥。此前，杨开智致信毛泽东，希望能在北京给他安排工作，或是推荐他在湖南省从事更好的工作。

　　② 毛泽东还致信湖南省委第一副书记王首道，指出："杨开智等不要来京，在湘按其能力分配适当工作，任何无理要求不应允许。"当毛泽东得知杨开智、李崇德夫妇服从组织安排，工作较出色，又于1950

年 4 月 13 日写信给他们说："你们在省府工作，甚好，望积极努力，表现成绩。"

这是 1949 年 10 月毛泽东写给杨开智劝阻其来京工作的书信。杨开智是杨开慧的胞兄，在杨开慧牺牲前后曾经冒着巨大危险照顾毛岸英兄弟，他的女儿也参加革命。新中国成立初期，杨开智在湖南某农场工作，曾捎信给毛泽东，要求"在京或在湘安排厅长之类的职位"。当时，毛泽东的亲朋好友中，有不少人按照我国传统思维，认为改朝换代了，发展机会很多，务农的想进城，没有工作的想找工作，已有工作的想换个更好的工作，在地方工作的想进首都工作。毛泽东办事一向坚持原则，他最反对旧社会中的那种裙带关系，从不为亲友谋取私利。对于这些亲戚的诉求，包括烈士亲属关于落实烈属待遇的要求，毛泽东都复信表示慰问，同时强调不能违背原则和规定，要按统一要求办理。因此，毛泽东给杨开智写信，希望他在湖南听候中共湖南省委分配合乎其能力的工作，甚至直言："不要有任何奢望，湖南省委派你什么工作就做什么工作，一切按正常规矩办理，不要使政府为难。"为了说服杨开智，毛泽东还给当时任湖南省委第一副书记的王首道写信提出："杨开智等不要来京，在湘按其能力分配适当工作，任何无理要求不应允许。"1950 年，根据其系 1925 年北京农业大学的毕业生、在茶业方面有专业特长，杨开智被安排在省政府从事茶业方面的工作。这封信虽然十分简短，却充分体现了共产党人崇高的价值观。面对亲情、友情、乡情这些进城"赶考"的难题，毛泽东带头坚持按原则办事、决不以私废公。

阅读
感悟

我没有"权力"没有"本钱"更没有"志向"来做扶助亲戚高升的事

——毛岸英① 致表舅向三立② （1949 年 10 月 24 日）

 书信原文

三立同志：

　　来信收到。你们已参加革命工作，非常高兴。你们离开三福旅馆的前一日，我曾打电话与你们，都不在家，次日再打电话时，旅馆职员说你们已经搬走了。后接到林亭同志一信，没有提到你们的"下落"。本想复他并询问你们在何处，却把他的地址连同信一齐丢了（误烧了）。你们若知道他的详细地址望告。

　　来信中提到舅父"希望在长沙有厅长方面位置"一事，我非常替他惭愧。新的时代，这种一步登高的"做官"思想已是极端落后的了，而尤以通过我父亲即能"上任"，更是要不得的想法。新中国之所以不同于旧中国，共产党之所以不同于国民党，毛泽东之所以不同于蒋介石，毛泽东的子女妻舅之所以不同于蒋介石的子女妻舅，除了其他更基本的原因以外，正在于此：皇亲贵戚仗势发财，少数人统治多数人的时代已经一去不复返了。靠自己的劳动和才能吃饭的时代已经来临了。在这一点上，中国人民已经获得了根本的胜利。而对于这一层舅父恐怕还没有觉悟。望他慢慢觉悟，否则很难在新中国工作下去。翻身是广大群众的翻身，而不是几个特殊人物的翻身。生活问题要整个解决，而不可个别解决。大众的利益应该首先顾及，放在第一位。个人主义是不成的。我准备写封信将这些情形坦白告诉舅父他们。

反动派常骂共产党没有人情，不讲人情，如果他们所指的是这种帮助亲戚朋友、同乡同事做官发财的人情的话，那么我们共产党正是没有这种"人情"，不讲这种"人情"。共产党有的是另一种人情，那便是对人民的无限热爱，对劳苦大众的无限热爱，其中也包括自己的父母子女亲戚在内。当然，对于自己的近亲，对于自己的父、母、子、女、妻、舅、兄、弟、姨、叔是有一层特别感情的，一种与血统、家族有关的人的深厚感情的。这种特别感情，共产党不仅不否认，而且加以巩固并努力于倡导它走向正确的与人民利益相符合的有利于人民的途径。但如果这种特别感情超出了私人范围并与人民利益相抵触时，共产党是坚决站在后者方面的，即"大义灭亲"亦在所不惜。

我爱我的外祖母，我对她有深厚的描写不出的感情，但她也许现在在骂我"不孝"，骂我不照顾杨家，不照顾向家，我得忍受这种骂，我决不能也决不愿违背原则做事。我本人是一部伟大机器的一个极普通平凡的小螺丝钉，同时也没有"权力"，没有"本钱"，更没有"志向"，来做这些扶助亲戚高升的事。至于父亲，他是这种做法最坚决的反对者，因为这种做法是与共产主义思想、毛泽东思想水火不相容的，是与人民大众的利益水火不相容的，是极不公平，极不合理的。

无产阶级的集体主义——群众观点与资产阶级的个人主义——个人观点之间的矛盾正是我们与舅父他们意见分歧的本质所在。这两种思想即在我们脑子里也还在尖锐斗争着，只不过前者占了优势罢了。而在舅父的脑子里，在许多其他类似舅父的人的脑子里，则还是后者占着绝对优势，或者全部占据，虽然他本人的本质可能不一定是坏的。

关于抚恤烈士家属问题，据悉你的信已收到了。事情已经转组织部办理，但你要有精神准备：一下子很快是办不了的。干部少事情多，湖南又才解放，恐怕会拖一下。请你记住我父亲某次对亲戚说的话："生活问题要整个解决，不可个别解决。"这里所指的生活问题，主要是指经济困难问题，而所谓整个解决，主要是指工业革命、土地改革、统一的烈士家属抚恤办法等，意思是说应与广大的贫苦大众一样地来统一解决生活困难问题，在一定时候应与千百万贫苦大众一样地来容忍一个时期，等待一个时期，不要指望一下子把生活搞好，比别人好。当然，饿死是不至于的。

你父亲写来的要求抚恤的信也收到了。因为此事经你信已处理，故不另复。请转告你父亲一下并代我问候他。

你现在可能已开始工作了罢。望从头干起，从小干起，不要一下子就想负个什么责任。先要向别人学习，不讨厌做小事，做技术性的事，我过去不懂这个道理，曾经碰过许多钉子，现在稍许懂事了——即是说不仅懂得应该为人民好好服务，而且开始稍许懂得应该怎样好好为人民服务，应该以怎样的态度为人民服务了。

为人民服务说起来很好听，很容易，做起来却实在不容易，特别对于我们这批有小资产阶级个人英雄主义的，没有受过斗争考验的知识分子是这样的。

信口开河，信已写得这么长，不再写了。有不周之处望谅。

祝你健康！

岸英　上
10 月 24 日

⭐ 注释和品读

① 毛岸英（1922—1950），出生于湖南省长沙县，中国人民伟大领袖毛泽东的长子。幼年随父母辗转上海、广州、武汉等地。1930 年 10 月，母亲杨开慧被捕入狱，毛岸英也被关进牢房。11 月 14 日杨开慧牺

牲后，被营救出狱，翌年在党组织的安排下到达上海。1931年上海地下组织遭到严重破坏后，流浪街头，历尽艰辛和磨难。1936年由地下组织安排去苏联学习，1937年进苏联国际儿童院，担任少先队大队长、共青团支部书记。1941年，先后进入苏雅士官学校快速班、莫斯科列宁军政学校和伏龙芝军事学院学习。1943年1月，加入苏联共产党(1946年2月转为中国共产党党员)。军校毕业后被授予中尉军衔，任苏军白俄罗斯第一方面军坦克连指导员，参加战略反攻，长驱数千里，冒着枪林弹雨，驰骋于欧洲战场。1945年年底回国。1946年1月到达延安，在解放区搞过土改，做过宣传工作，当过秘书。解放初期，任北京机器总厂党支部副书记。1950年10月7日，主动请求入朝参战。10月19日，随中国人民志愿军司令部入朝，任志愿军司令部俄语翻译和秘书。11月25日，美军轰炸机飞临志愿军司令部上空，投下了几十枚凝固汽油弹，在作战室紧张工作的毛岸英不幸壮烈牺牲，年仅28岁。

② 向三立是杨开慧的表弟，即毛岸英的表舅。

毛岸英的童年是在外祖母家度过的。外祖父杨昌济家里人口不多，外祖母向家人口较多，毛岸英兄弟与向家亲戚相聚很多，感情深厚。在杨开慧牺牲前后，向家对毛岸英及其外婆还有较大帮助。1949年10月，时值我们党经过艰苦卓绝的斗争建立新中国之际，也正是党和国家需要大批干部的时候，表舅向三立来信"要求照顾"，并提出舅父杨开智当官的希望。10月24日，毛岸英在给表舅向三立的回信中，阐发了共产党人为广大人民群众谋利益的思想，坚持原则，理直气壮地拒绝了舅舅的不正当要求，同时对表舅也作了一番批评教育。

在这封信中，毛岸英以一个共产党员的身份严格要求自己，他既没有半点优越感，更没有搞什么特权。其中清楚表达了他对共产党人的品格、人情世故、当官发财等的正确认识。其一，共产党人历来坚持把广大人民群众的利益摆在第一位。他说，新中国之所以不同于旧中国，共产党之所以不同于国民党，毛泽东之所以不同于蒋介石，毛泽东的子女妻舅之所以不同于蒋介石的子女妻舅，一个原因就是：皇亲贵戚仗势发财，少数人统治多数人的时代已经一去不复返了。他提出，翻身是广大群众的翻身，而不是几个特殊人物的翻身，每个人都要靠自己的劳动和才能吃饭。其二，共产党人从不否定对亲人的挚爱，但从来不能因为爱亲人而牺牲集体主义原则。他写道："我爱我的外祖母，我对她有深厚的描写不出的感情。"但是，共产党人讲的人情是对人民的无限热爱、对劳苦大众的无限热爱，其中也包括自己的父母子女亲戚在内，但并不讲帮助亲戚朋友、同乡同事做官发财的"人情"。当然，对于自己的近亲有一层特别感情的，一种与血统、家族有关的人的深厚感情的。这种特别感情，共产党不仅不否认，而且加以巩固并努力于倡导它走向正确的与人民利益相符合的有利于人民的途径。但如果这种特别感情超出了私人范围并与人民利益相抵触，共产党是坚决把人民利益放在第一位的，即使"大义灭亲"亦在所不惜。他认为，扶助亲戚高升，是与人民大众的利益水火不相容的。其三，烈士家属的抚恤要由组织部门统一办理。他说，关于抚恤烈士家属问题，事情已经转组织部办理，但不可能一下子就办好。他要求亲戚记住父亲毛泽东的教导，生活问题要整个解决，不可个别解决。字里行间，通篇反映出的是毛岸英作为一名共产党员，严格自律、坚持原则，秉承热爱广大人民群众、坚持人民利益第一的精神，毫无私心，毫不以特殊的地位去给予亲戚格外的照顾。

毛岸英短暂的一生，有如燧石，愈遇敲打，愈是闪耀着灿烂的光辉。时隔七十多年，特别是在市场经济高度发达的今天，这封信读来更加让人感动。当前，我们推进新时代中国特色社会主义市场经济建设，面对金钱和美色的诱惑，面对一些人别有用心的"围猎"，面对自己的私心杂念，假如领导干部及其家属，都能像毛岸英那样不忘初心、牢记使命，坚持人民利益第一，不搞优亲厚友，遇到问题严格要求自己，遇到诱惑坚决守住底线，我们党就一定能够始终得到广大人民群众的拥护。

人民政府的法令　你们必须老老实实照办

——刘少奇致姐姐刘绍懿①（1950年5月2日）

 书信原文

七姐：

　　你三月初九日写来的信，我收到了，并看懂了。

　　你家过去主要是靠收租吃饭的，是别人养活你们的，所以你应该感谢那些送租给你们、养活你们的作田人。人家说你们剥削了别人，那是对的，你们过去是剥削了别人。乡下现在要减租退押②，也是对的。你们应照减照退。你不能骂人，说他们是小子会、棍子队。不，他们是养活你们及其他许多人的大恩人，你应该尊敬他们。

　　你现在退不起租押，人家要你吃点苦，也是应该的。你知道乡下的贫农、雇农吃了多少年的苦，你现在吃这样几天苦，又算得什么呢？老早我就向你们说过，要你们不要收租放债，你们不听，并且还说我不对。现在你们吃苦了，再来找我，已经迟了，我也无办法了。这些苦，照我来说，是你们自讨的。你再不能怨恨别人。

　　二五减租及三七五限租③，是人民政府的法令要办的，你们必须老老实实照办。去年你们没有照办，是不对的，所以现在要退租。如果你们退不出，可以请求乡农会允许你们等到今年秋季收租时再退，你可打一个借条给农会，请求农会原谅你们去年没有减租的错误，如果农会要罚你们去年未减租的错误，你可以请求他们罚一点谷，在秋后交给他们。大概今年秋收，你们还可以收一年租，是合法的。但今年秋后乡下如果分田，明年就不能收租了，如不分田，明年还可收租一年。

退押的事，你们已退出一些，如再无法退，可请求农会免退。中央已令各地停止退押，退不起的，可以不退押了，到秋后，你们把田山屋宇交给农会分配就是了。但你们必须把田山屋宇及树木等等好好保存，不要损伤，犁耙锄牛好好保护，不要破坏和出卖。否则，农会在以后还会要处罚你们的。

你们以后应该劳动，自己作田，否则，你们就没有饭吃。今年，如果佃户和农会愿意让几亩田给你们作，你可请求佃户和农会让出一点田作。如果农会佃户不肯让，你们只有揽零工作，或将家中的肥料送给佃户，帮助佃户伙种，请求佃户把多收的粮多分点给你们，作为你们肥料和人工的报酬。在今年分田以后，农会还会分几亩田给你们自己作的，以后你们就作田吃饭。

你们不要来我这里，因我不能养活你们。我当了中央人民政府的副主席，你们在乡下种田吃饭，那就是我的光荣。如果我当了副主席，你们还在乡下收租吃饭，或者不劳而获，那才是我的耻辱。你们过去收租吃饭，已经给了我这个作你老弟的中央人民政府副主席以耻辱，也给了你的子女和亲戚以耻辱。你现在自己提水做饭给别人吃，那就是给了我们以光荣。你以前那些错误的老观点，应完全改正过来。

你把我这封信送给六姐④一看。她家也不作田吃饭，而靠收租及管公产吃饭，也是不对的。欠了公家的谷，当然要还。暂时还不起，以后慢慢的还是要还。而且以后再不能靠管公产吃饭了，也必须自己作田吃饭。以后他们自己作田吃饭，也才给我们以光荣。他们现在的困难，也是他们自讨的，不能怨恨别人。

中央已决定今年秋后分田不动富农的土地和财产。七哥⑤大概要算富农，所以他家土地和财产可以不动，不会受什么损失。六哥⑥家过去也主要不是靠收租吃饭，而是靠雇请工人种地吃饭，他自己也劳动,所以大概也算富农,所以他家大概也不会动。以后作富农,雇请工人种地,自己也种地,这是可以的,合法的,不会受到大的斗争的,所以你们及其他的人家还可以雇长工短工作事,以帮助他们进行生产。六嫂今年雇人种田是好的。四嫂亦可雇人种田。这样,乡下找工作的人才有工作,你们也可过活。七哥家要雇人也是好的。因为允许雇人种地,对穷人也是有好处的,故可告诉乡下的亲故们:为了进行生产,尽可雇请长工和短工,讲好工钱,订好合同,以后按合同待遇工人,就不会有问题。

我回这封信给你,还是为了你们好,你们必须听我的话,老实照办,否则还是要讨苦吃的。对于过去,你们必须认错,请求农会原谅和教育你们。

祝你好

刘 少 奇

五月二日

⭐ **注释和品读**

① 刘绍懿,刘少奇的七姐。土改时定为地主。

② 减租退押,是新中国成立初期的一项政策。新解放区在进行土地改革以前,一律实行减租退押。规定地主依法减低地租租额后,仍可向租种自己土地的农民收租,同时地主还应向农民退还租种土地的押金。

③ 二五减租,指地主收地租应按原租额减少25%;三七五限租,指地主收地租的租额不得超过出租土地的正产物收获总额的37.5%。

④ 六姐,指刘绍德。土改时定为地主。

⑤ 七哥,指刘作衡。

⑥ 六哥，指刘云庭。

这是刘少奇1950年5月2日写给姐姐刘绍懿的一封信，向她阐释新中国土地改革政策，指导她告别封建剥削生活，要求她老老实实遵守政府的法令。该信曾经在人民网、中国共产党新闻网全文刊登。

这是一封有名的"廉政家书"。1950年5月，刘少奇担任中央人民政府副主席，正担负着领导制定土地改革政策和推进土地改革的重任。此时，与刘少奇感情较深的亲姐姐刘绍懿来信，流露出对土改减租退押政策的不满，不愿在家务农，希望能随刘少奇到城里生活。刘少奇在回信中，严肃批评了她的错误思想，要求她认真遵守政府法令，鼓励她自食其力。此后，七姐听从刘少奇的规劝，一直在家乡务农。

信的大意主要有三层。其一，要求认真执行政府法令。刘少奇首先要求七姐尊重他人，不要指责农会工作人员。关于减租，他要求七姐老老实实遵照执行人民政府的法令，该退租则退租，实在退不起租则可以请求乡农会允许等到今年秋季收租时再退，打借条给农会。关于退押的事，他申明，中央已令各地停止退押，退不起的，可以不退押。关于秋后将田山屋宇交给农会分配，他特别要求，既要把田山屋宇交给农会分配，还必须在上交之前把田山屋宇及树木等等好好保存，不要损伤，犁耙锄牛好好保护，不要破坏和出卖。其二，要求学会耕作、靠劳动吃饭。刘少奇指出："你们以后应该劳动，自己作田，否则，你们就没有饭吃。"其三，阐明自己的荣辱观，并要求亲人遵规守纪、自食其力。对七姐来北京的请求，他明确提出"不要来我这里"，"因我不能养活你们"。他旗帜鲜明地指出："我当了中央人民政府的副主席，你们在乡下种田吃饭，那就是我的光荣。如果我当了副主席，你们还在乡下收租吃饭，或者不劳而获，那才是我的耻辱。"最后，刘少奇还再次叮嘱七姐必须老实按照这封回信说的办。

刘少奇的一生光明磊落，廉洁奉公，不仅严于律己，而且严于律"亲"，从不允许自己的亲戚朋友利用他的关系谋取私利。这封"廉政家书"虽然短小，却非常突出地彰显了刘少奇严格自律的高尚品格。当前，我们党在新时代推动全面从严治党向纵深发展，进一步加强党的作风建设，需要领导干部发挥带头作用，特别需要掌握主要权力的"关键少数"发挥带头作用。子曰："其身正，不令而行；其身不正，虽令不从。"各级领导干部都要自觉做到不忘初心、牢记使命，从学习刘少奇的这封"廉政家书"做起，带头严格约束家属亲属和身边工作人员，给党员群众作出示范和表率。

阅读
感悟

五、琴瑟和鸣

我们宁愿玉碎却不愿瓦全

——陈觉致妻子赵云霄①（1928 年 10 月 10 日）

 书信原文

云霄我的爱妻：

　　这是我给你的最后的信了，我即日便要处死了，你已有身，不可因我死而过于悲伤。他日无论生男或生女，我的父母会来抚养他的。我的作品以及我的衣物，你可以选择一些给他留作纪念。

　　你也迟早不免于死，我已请求父亲把我俩合葬。以前我们都不相信有鬼，现在则唯愿有鬼。"在天愿为比翼鸟，在地愿为并蒂莲，夫妻恩爱永，世世缔良缘。"回忆我俩在苏联求学时，互相切磋，互相勉励，课余时闲琐谈事，共话桑麻，假期中或滑冰或避暑，或旅行或游历，形影相随。及去年返国后，你路过家门而不入，与我一路南下，共同工作。你在事业上、学业上所给我的帮助，是比任何教师任何同志都要大的，尤其是前年我病本已病入膏肓，自度必为异国之鬼，而幸得你的殷勤看护，日夜不离，始得转危为安。那时若死，可说是轻于鸿毛，如今之死，则重于泰山了。

　　前日父亲来看我时还在设法营救我们，其诚是可感的，但我们宁愿玉碎却不愿瓦全。父母为我费了多少苦心才使我们成人，尤其我那慈爱的母亲，我当年是瞒了她出国的。我的妹妹时常写信告诉我，母亲天天为了惦念她的远在异国的爱儿而流泪，我现在也懊悔此次在家乡工作时竟不曾去见她老人家一面，到如今已是死生永别了。前日父亲来时我还活着，而他日来时只能看到他的爱儿的尸体了。我想起了我死后父母的悲伤，我也不觉流泪了。云！谁无父母，谁无儿女，谁无情人！我们正是为了救助全中国人民的父母和妻儿，所以牺牲了自己的一切。我们虽然是死了，但我们的遗志自有未死的同志来完成。"大丈夫不成功便成仁"，死又何憾！

此祝健康

并问王同志好

觉　手书

一九二八、一〇、一〇

⭐ 注释和品读

① 陈觉（1907—1928），湖南醴陵人，原名炳祥，号秉强。1923 年加入中国共产党。1925 年赴苏联学习，其间与一起学习的赵云霄结婚。赵云霄，1906 年生于河北阜平，共产党员，1925 年 9 月受党委派赴莫斯科中山大学学习。1927 年 9 月，陈觉与赵云霄学成回国。为了革命而分离奔波的过程中，1928 年 9 月，已怀有身孕的赵云霄被捕。10 月，因叛徒告密，陈觉也被捕入狱，并从常德转押长沙，与赵云霄同关在长沙陆军监狱署。1928 年 10 月 14 日，陈觉在长沙英勇就义，时年仅 21 岁。

这是陈觉就义前四天写给妻子赵云霄的绝笔，信中饱含着革命志士"宁为玉碎，不为瓦全"的英雄气概和对妻子的一往情深，以及对父母无限的感激和思念。

开头，陈觉深情交代怀孕的妻子保重身体，不可因他的死而过于悲伤。带着对仍未出生的婴儿的关爱，陈觉要求妻子选择一些他的作品及衣物留给孩子纪念。接着，用较大的篇幅回忆他们夫妻之间曾经有过的美好生活。他回忆："我俩在苏联求学时，互相切磋，互相勉励，课余时闲琐谈事，共话桑麻，假期中或滑冰或避暑，或旅行或游历，形影相随。"他感激妻子曾经给予的殷勤看护，正是这份日夜不离的照顾才使他从病入膏肓中得以康复。再接着，谈及父亲的营救，信里一方面倾诉了对父母亲的拳拳敬意，一方面又坚决反对背弃信仰而得以苟活。他向妻子申明，父亲的营救，"其诚是可感的，但我们宁愿玉碎却不愿瓦全"。寥寥几笔，无比决绝地表达了宁死不屈的革命意志，在他的心中，"大丈夫不成功便成仁，死又何憾！"陈觉牺牲后第二年，赵云霄生产后一个多月，便追随丈夫慷慨就义。在陈觉和赵云霄这对英雄儿女的临终绝笔中，丝毫看不到他们对死亡的恐惧，感受到的只有共产党人面对死亡时的从容和对革命必胜的信心。他们的死，恰恰正如信中所说的："如今之死，则重于泰山了"。

这封信如泣如诉的血泪控诉，再现了 90 多年前陈觉和赵云霄这对革命伉俪的生死壮举，读来催人泪下、荡气回肠。他们正值美好的弱冠年华，上有父母疼爱，下有娇儿即将出生，但却用最宝贵的青春、爱情、生命捍卫了坚如磐石的信仰根基。他们俩以身许国，向死而歌，是中华民族永远不能忘记的好儿女！

**阅读
感悟**

我梦里也不能离你的印象

——瞿秋白① 致妻子杨之华（1929 年 7 月 15 日）

 书信原文

之华：

临走的时候②，极想你能送我一站，你竟徘徊着。

海风是如此的飘漾，晴明的天日照着我俩的离怀。相思的滋味又上心头，六年以来，这是第几次呢？空阔的天穹和碧落的海光，令人深深的了解那"天涯"的意义。海鸥绕着桅樯，像是依恋不舍，其实双双栖宿的海鸥，有着自由的两翅，还羡慕人间的鞅掌③。我俩只是少健康，否则如今正是好时光，像海鸥样的自由，像海天般的空旷，正好准备着我俩的力量，携手上沙场。之华，我梦里也不能离你的印象。

独伊想起我吗？你一定要将地名留下，我在回来之时，要去看她一趟。下年她要能换一个学校，一定是更好了。

你去那里④，尽心的准备着工作，见着娘家的人⑤，多么好的机会。我追着就来，一定是可以同着回来，不像现在这样寂寞。你的病怎样？我只是牵记着。

可惜，这次不能写信，你不能写信。我要你弄一本小书，将你要写

106

的话，写在书上，等我回来看！好不好？

秋　白
七月十五

⭐ **注释和品读**

①瞿秋白（1899—1935），江苏常州人。1917年秋考入北京俄文专修馆学习。五四运动爆发后，参加领导北京爱国学生运动，被选为专修馆学生总代表，组织社会实进社。1920年年初参加马克思学说研究会，后以北京《晨报》记者身份赴苏俄实地采访。1922年春，在莫斯科期间正式加入中国共产党。1923年1月回国，担任中共中央机关刊物《新青年》《前锋》主编和《向导》编辑。从1925年起，瞿秋白先后在党的第四、五、六次全国代表大会上，当选为中央委员、中央局委员和中央政治局委员。1927年，在大革命失败的危急关头，瞿秋白主持召开了八七会议，确立了土地革命和武装反抗国民党反动派的总方针。会后，他担任中共中央临时政治局委员、常委、主席，主持党中央工作。1931年被解除中央领导职务后，到上海和鲁迅一起领导左翼文化战线的斗争。1934年年初进入中央革命根据地，任中华苏维埃共和国第二届中央执委会委员、人民教育委员会委员、中华苏维埃共和国中央政府教育部部长等职。中央红军长征后，他留在南方坚持游击战争，任中共苏区中央分局宣传部部长。1935年2月，在福建长汀县突围不成被捕。6月18日在长汀就义，时年36岁。

②1929年7月，瞿秋白从苏联莫斯科前往德国法兰克福，参加国际反帝同盟大会。

③鞅掌，指事务繁忙的样子。语出《诗经·小雅·北山》："或栖迟偃仰，或王事鞅掌。"

④"你去那里"，指1929年8月杨之华从莫斯科前往海参崴（符拉迪沃斯托克），参加太平洋劳动大会。

⑤"娘家的人"，指参加太平洋劳动大会的中国工人代表。

瞿秋白是中国共产党早期主要领导人之一，伟大的马克思主义者，卓越的无产阶级革命家、理论家和宣传家，中国革命文学事业的重要奠基者之一。这是瞿秋白1929年7月15日在旅途中写给妻子杨之华的信，瞿秋白在信中表达了对妻子的浓浓爱意。

信的开篇，作者直抒胸臆："临走的时候，极想你能送我一站，你竟徘徊着。"简单的语句，举笔一挥，就表达了热烈的期望和若有若无的失落。紧接着又写道，"海风是如此的飘漾，晴明的天日照着我俩的离怀"。字里行间，溢满的是离愁别绪。瞿秋白是党内的文学家，在这封信中，他以娴熟的笔触和炽热的言辞，深情诉说了离别的相思、远行人的眷念，也表达了革命者事业如山的责任意识。在信里，瞿秋白叮嘱妻子珍惜见到"娘家人"的宝贵机会，认真参加国际劳动工人的会议，尽心做好参会的各项工作。

瞿秋白与妻子杨之华的通信，充满革命激情和浪漫情调。1929年3月12日，他在致妻子的信中写道："我只是想着你，想着你的心——这是多么甜蜜和陶醉。我的爱是日益的增长着，像火山的喷烈……"这封信也是如此，富有革命热情又文采飞扬，读后让人备受鼓舞、倍感愉悦。中国共产党人有血有肉，历来坚持事业至上，秉承为人民服务的宗旨，倡导对亲人的挚爱。爱人民和爱亲人是一致的，二者统一在为民情怀上。

阅读
感悟

再带给你十几个字

—— 左权致妻子刘志兰（1942 年 5 月 22 日）

 书信原文

志兰：

就江明[①]同志回延之便再带给你十几个字。

乔迁[②]同志那批过路的人，在几天前已安全通过敌之封锁线了，很快可以到达延安，想不久你可看到我的信。

希特勒"春季攻势"作战已爆发，这将影响日寇行动及我国国内局势，国内局势将如何变迁不久或可明朗化了。

我担心着你及北北，你入学后望能好好地恢复身体，有暇时多去看看太北[③]，小孩子极需人照顾的。

此间一切如常，惟生活则较前艰难多了，部队如不生产则简直不能维持。我也种了四五十棵洋姜，还有二十棵西红柿，长得还不坏。今年没有种花，也很少打球。每日除照常工作外，休息时玩玩扑克与斗牛。志林[④]很爱玩牌，晚饭后经常找我去打扑克，他的身体很好，工作也不坏。

想来太北长得更高了，懂得很多事了，她在保育院情形如何？你是否能经常去看她？来信时希多报道太北的一切。在闲游与独坐中，有时总仿佛有你及北北与我在一块玩着、谈着，特别是北北非常调皮，一时在地下、一时爬在妈妈怀里，又由妈妈怀里转到爸爸怀里来闹个不休，真是快乐。可惜三个人分在三处，假如在一块的话，真痛快极了。

重复说我虽如此爱太北，但是时局有变，你可大胆按情处理太北的问题，不必顾及我。一切以不再多给你受累，不再多妨碍你的学习及妨碍必要时之行动为原则。

志兰！亲爱的：别时容易见时难，分离二十一个月了，何日相聚？念、念、念、念！愿在党的整顿之风下各自努力，力求进步吧！以进步来安慰自己，以进步来酬报别后衷情。

不多谈了，祝你好！

叔 仁⑤

五月二十二日晚

有便多写信给我。

敌人又自本区开始"扫荡"，明日准备搬家了。拟托孙仪之同志带之信未交出，一同付你。

⭐ 注释和品读

① 江明，时任冀南军区第二军分区政治委员。

② 乔迁，八路军前方总指挥部后勤部部长兼政治委员杨立三同志的爱人。

③ 北北、太北，指左太北，左权的女儿。

④ 志林，指刘志林，刘志兰的弟弟。

⑤ 叔仁，左权原名左纪权、左字林，字叔仁。

"收到你的思念时你已不在人间。"这是左权同志殉国前三天写给妻子的最后一封信。"亲爱的：别时容易见时难，分离二十一个月了，何日相聚？念、念、念、念！"这封信竟然在左权牺牲噩耗传回延安后，才送达刘志兰手中。真是烽火连天家国情，在战火纷飞的年月，本是"再带给你十几个字"的深情家书，满载思念和关爱，却成了临终绝笔。

百团大战之后，日军将八路军视为眼中钉、肉中刺，为此进行了残酷残忍、灭绝人性的"大扫荡"。1942年年初，日军接连向我晋东南根据地发动"总进攻"。2月，日军采取"铁壁合围""捕捉奇袭"等手段，不断向八路军总部所在地区辽县（今左权县）麻田镇一带增兵，进行"扫荡"，被八路军击退。5月，日军出动大兵团突袭八路军前敌指挥部，进行空前残酷的"五月大扫荡"。5月25日，左权在山西辽县（现左权县）麻田附近指挥部队掩护中央北方局和八路军总部机关突围转移时，于十字岭战斗中壮烈牺牲，时年37岁。朱德总司令为其题诗："名将以身殉国家，愿拼热血卫吾华。太行浩气传千古，留得清漳吐血花。"

"烽火连三月，家书抵万金。"本来左权只想寄托思念草就"十几个字"，但感情如潮水涌流，一挥笔即急就五六百字。正是在这五六百字中，左权情思迸发，写下了这封感人至深的绝笔。全信主要有三层意思。一是以最简约的文字刻写了对女儿的想念。"想来太北长得更高了，懂得很多事了，她在保育院情形如何？你是否能经常去看她？来信时希多报道太北的一切。"二是真挚地白描了对天伦之乐的向往。他写道："在闲游与独坐中，有时总仿佛有你及北北与我在一块玩着、谈着，特别是北北非常调皮，一时在地下、一时爬在妈妈怀里，又由妈妈怀里转到爸爸怀里来闹个不休，真是快乐。可惜三个人分在三处，假如在一块的话，真痛快极了。"这份如今平常人家的幸福，那时却是将军最为珍贵的期待，因为他们作战在第一线，随时可能为国捐躯。三是深情地与妻子交流。左权理性地交代妻子，如时局有变，则可大胆按情处理女儿事宜，不必顾及他本人。信末是深情的表达，"亲爱的：别时容易见时难，分离二十一个月了，何日相聚？"再有，就是四个诚挚的"念"，情真意切！

左权草就的这封致妻子的信，本是一份普通家书。不意三天后，他竟然壮烈牺牲。一份普通的家书，成了最后的诀别。如此珍贵的"十几个字"，任谁读来能不为之扼腕叹息？几年前，这封信在《新湘评论》刊发后，人民网全文转发。2016年，在著名大型视频节目《见字如面》中，演员张国立以《再带给你十几个字》为题，朗读左权致妻子刘志兰的这封信，一时好评如潮，点赞爆棚！

　　左权将毕生精力贡献给了中国人民的解放事业，谱写了辉煌的革命生涯、军事生涯。这封家书，是抗战时期八路军高级将领的家书代表作，短短几段文字就勾勒出他婚姻生活和家庭生活的多彩世界。在信的字里行间，左权迸发出了对女儿冷暖关爱的骨肉亲情，迸发出了对妻子深深的眷恋。人的生命只有一次，然而，当一个人把有限的生命投身到革命事业中去，他的生命就得到了永生。

 阅读
感悟

花前谈心　月下互勉

—— 彭雪枫[①] 致女友林颖（1941 年 9 月 14 日）

 书信原文

楠[②]：

决心是果断的具体表现，我两应为我们的前途庆幸！方式虽由于"介绍"，然而"爱"乃是由同志关系、政治条件、工作利益、双方前途，特别是性格与品质、相互印象诸复杂因素而自然促成的，而逐渐浓厚起来的。尤其是在击破困难、排除波折之过程中而更会浓厚起来的。倘若"轻易"而成，当不会事后回味之深长吧？比如我们的事业，要不经过艰难缔造的奋斗过程，那么巩固和壮大的程度当不如我们愿望的那样伟大吧。当然，一种小资产阶级的恋爱观，是另一种——花前月下，卿卿我我，这究竟是小资产阶级的呀！无产阶级先锋队则不然，这首先建立在政治上、工作上、性情上和品格上，自然同样也有花前月下，然而已经不是卿卿我我了，而是花前谈心，月下互勉，为了工作，为了事业，为了双方的前途！你同意我的话吗？我想同意的吧！因为你已经在做着了。

我郑重提出：双方对对方的希望上，千万不要"过奢"，尤其是在今天，在初恋，在恋爱定局之初期。俗话说：情人眼里出西施。一般人对他的爱人，是不容易看到缺点的，所以在起初，感情无限好，但日久

113

天长，弱点逐渐暴露，情感就会淡了。因为这里头没有辩证地观察问题，更没有辩证地认识问题，当然也不会有正确的方法去解决问题了。人都有其优良的一面和缺陷的一面的。两面相照，发展其优良的一面，同时又要扬弃其缺陷的一面，主要靠自己，同时靠他人。只要对方在基本上是可爱的，是值得可爱的，那就够了。把功夫用在相互帮助相互教育相互鼓励上，这是我党对待同志的态度，也是恋爱双方互相对待的态度。倘若能够这样，则双方情感不仅不会越来越淡，相反必会越来越浓，以至白头偕老的。古人说"君子之交淡如水"，然后才能永才能长。夫妇相敬如宾，然后才能永才能长！这里头包含着"哲理"的，你品品它的滋味。

在上述基本观点和基本态度之下，我们相爱了，这种爱才是最正当最伟大最神圣的！同时也必能是最坚持最永久的！

所以，你对我的认识和了解，我知道乃是基于政治、党性、品格，而不是什么地位，地位算什么东西呢？同时，要求你，你必须还要了解我的另一面，急躁、激动，工作方式方法上之不够老练，对人对物有时过于尖锐，使人难堪，对干部有时态度过于严肃，加上某些场合下的不耐烦，使人拘束，涵养不到家。这一切都是我自己实行自我批判自我斗争，而同时请求你在更接近更了解的情况下帮助我去纠正。对于你，聪明、豪爽、忠诚、多情、不怕危险困难而忠于党，这是好的一面，优良的一面，可是在另外的一面，高傲、虚荣心——像你所说的，再加上还欠切实，正是你的缺点，却需要你来努力克服的，倘若有了彻底认识，克服虽然必须一个过程，相信是会收到完满成果的。

我希望你的（虽然你已经在做着）是：

（一）加强自己思想意识上的锻炼。你的家庭生活环境熏陶着你，带来了非无产阶级的某些意识。在党对你不断的教育中，特别是在敌后两年烽火的斗争中已经锻炼得使你更坚强起来了，然而进步是无止境的，还需要加倍努力！最近党中央关于增强党性的指示，是我党自有历史以来最有意义最有教育价值的文献之一，你必熟读，妥为笔记，而主要还依靠于左右同志们的相互坦白检讨。区党委会有具体指示，如何去检讨的，特别应当参考着洛甫③的《论待人接物》那篇文章，胡服④同志《论共产党员修养》小册子，这对于我辈为人为党员为一个革命家，有着决定的作用的。

（二）留心政治，养成对政治的浓厚兴趣，一切应由政治观点上去观察问题。政治是任何一种工作职业的同志所必须具备的，理论修养之外，尤须注意政治形势，根据形势布置工作，分析形势推动形势改变形势，要多多的经常的在这方面用心下功夫啊！报纸电讯不应该放过一个字，一条新闻不能单纯看作一件新闻，而应分析它的实质。先从近处做起，渐而至于国际形势，抱定志向，做一个最实际的政治工作者，有修养的政治工作者。

（三）待人接物上，不要过于锋芒外露，大方之中含有腼腆。我始终没有忘记过一次毛主席在我外出进行统战工作时临别叮嘱的一句话："对人诚恳是不会失败的！"这句话今天拿来送给你，共同勉励吧。我总在惦记着 × 和 ×，特别是 ×，你今后对他的态度应该格外慎重，保持着同志的友谊，丝毫显不出所谓"裂痕"，使对方自觉的了解这是不得已的不得已，没有法子的事呀！应当不要忘记对他的安慰。同时又必须估计到，他是不会马上对你完全谅解的，即如一般女同志，特别是那些对你有了成见的人，在她们一闻风声之后，必有一番冷言冷语，一定有的，比如什么首长路线，诸如此类，你必须格外冷静，特别持重，不动声色，若无事然。即便是我，难道就保证无人说闲话么？不会的，我已经准备着"以不变应万变"了！凡是这样的事，首先还是决定于自己，像瑞龙⑤同志所说的。忍耐些吧，一个风潮之后，就会逐渐平息的，注意我们的态度，我们的语言，我们的待人接物。更谦逊些，更诚恳些，更大方些，更刻苦努力些！

（四）工作，越下层越好锻炼，越深入越能具体了解，也就越能正确解决问题，越能建立信仰。女子生下来长大了是革命的是工作的是为大众谋利益的，而不是为的什么单纯性的问题。女子应有其独立的人格，更应有其培养独立人格的场合和环境。即便结婚了之后，我还是主张你应有你的独立的工作环境，我无权干涉你，也不会干涉你。

（五）你写得很好，你应该努力学习写作，记日记，写文章，把材料系统的组织起来写在纸上，这就是文章。要具体材料，不要空洞说理。要提高文化水平，要加强理论修养。你还年轻，我希望你工作之外，又是作家，必会有一天，你是一个帮助写作的有力助手！

亲爱的同志！一切美满的愿望，都是建立在政治、理智、情感、热心、努力、互助、互谅之上的！

保重你的身体！

送上社会科学基础教程一本

枫

9 月 14 日

⭐ 注释和品读

① 彭雪枫（1907—1944），河南省镇平县人。1925 年 6 月加入中国共产主义青年团。1926 年 9 月转为中国共产党党员。1930 年年初到上海中共中央军委工作。5 月被派到苏区，先后任红军大队政治委员、纵队政治委员、师政治委员、江西军区政治委员、红军大学政治委员和中革军委第一局局长等职。1934 年 10 月参加长征，任中革军委第一野战纵队第一梯队队长、红三军团第五师师长，1935 年 2 月部队缩编后任红三军团第十三团团长。在攻克娄山关、遵义城的战斗中，率部担负主攻任务。9 月任陕甘支队第二纵队司令员。到陕北后任红一军团第四师政治委员，率部参加直罗镇、东征等战役。1936 年秋被派往太原等地，做团结各界爱国人士、联合阎锡山抗日的统一战线工作。抗日战争全面爆发后，任八路军总部参谋处处长兼驻晋办事处主任。1938 年春调赴

河南确山竹沟，任中共河南省委军事部部长，组织训练抗日武装。同年9月组建新四军游击支队，任司令员兼政治委员，领导开辟豫皖苏边区抗日根据地，任中共豫皖苏边区委员会书记。后任新四军第六支队司令员兼政治委员、八路军第四纵队司令员。1941年皖南事变后，任新四军第四师师长兼政治委员、淮北军区司令员。1944年8月，执行中共中央关于向河南敌后进军的指示，指挥所部进行西进战役。9月11日，在河南夏邑八里庄指挥作战时英勇牺牲，时年37岁。

② 楠，是林颖的别名。

③ 洛甫，指张闻天。《论待人接物》，指《论待人接物问题》。1938年7月，张闻天在抗日军政大学演讲，强调要有伟大的胸怀与气魄，要有"循循善诱"与"诲人不倦"的精神，对人要有很好的态度，要适当地对付坏人。

④ 胡服，指刘少奇。《论共产党员修养》，指刘少奇著的《论共产党员的修养》。

⑤ 瑞龙，指刘瑞龙，时任淮北行政公署主任。

彭雪枫是中国工农红军和新四军的杰出指挥员、军事家，是有名的"军中才子"，被誉为"上马能打仗，下马写文章的彭将军"。投身革命20年，他不但率部在中原地区多次打退日军的"围剿"，还组建了新四军骑兵团、成立了南京陆军指挥学院的前身——新四军游击支队随营学校，并且创办了宣传抗日救国的报刊《拂晓报》。彭雪枫的书信，文笔流畅，情真意切，融军人的豪放与丈夫的细腻于一纸，被公认为战地情书中难得的精品。这是彭雪枫1941年9月14日写给女友林颖的一封信，诚恳地提出了双方的优点和不足，并指出努力的方向，展现了积极向上的恋爱观。

在这封信里，彭雪枫坦诚地向女友阐发了共产党人的恋爱观。他批驳了小资产阶级"花前月下，卿卿我我"的恋爱观，提倡"花前谈心，月下互勉"。他提出，把功夫用在相互帮助相互教育相互鼓励上，是我党对待同志的态度，也是恋爱双方互相对待的态度。他认为，如果能够做到相互之间的坦诚相待，双方情感"才能永才能长"，以至白头偕老。信中，彭雪枫还从五个方面对女友提出建议：一是加强思想意识上的锻炼，努力清除家庭生活环境熏陶带来的非无产阶级意识；二是留心政治，养成对政治的浓厚兴趣，一切应由政治观点上去观察问题；三是待人接物上，不要过于锋芒外露，应在大方之中含有腼腆；四是工作上深入基层锻炼，越深入越能具体了解，越能正确解决问题；五是应该努力学习写作，记日记，写文章，做一个帮助写作的有力助手。写了这封信十天后，9月24日，彭雪枫和林颖在淮北抗日根据地举行了简单的婚礼。

"家如夜月圆时少，人似流云散处多。"在战争年代，这是对军人夫妻生活的生动写照。婚后第三天，林颖就离开了驻地，返回淮宝县自己的工作岗位上去了。之后，这对新婚夫妻只能凭借鸿雁传书，来抒发自己对爱人的思念和眷恋。从1941年9月到1944年9月，彭雪枫共给林颖写了87封家书。今天，我们读彭雪枫的家书，特别是阅读他这封婚前的书信，不由得为他们的革命爱情而喝彩。正如他们的一封信中所说的，"我们忠诚坦白之于爱，一如我们忠诚坦白之于党"。他们的爱情产生在正义的战争之际，植根于崇高的信仰之中，在伟大的事业中培育成长，在为人民流血牺牲中升华。

阅读
感悟

我精神上之重负第一大包袱算已解除

——徐向前致妻子黄杰（1948年5月22日）

 书信原文

黄杰：

　　临汾于十七日最后为我兵团攻下，顽敌为我全歼，总计自三月七日开始作战以来已整整七十天矣，不管伤亡消耗如何大，但总算最后取得了全胜，而我精神上之重负第一大包袱算已解除。因这个新诞生的婴儿新兵团，武力不强，装备又差，我自作战以来常常担心，甚至有时通夜少眠而焦虑万分。万一伤亡很大，消耗很大，而临汾又未能攻下，那时如何办呢？现总算最后的努力把它打下了，伤亡与消耗虽大，但总算过了难关，缴获亦不小（你看公报就可知道了），对以后内地打通后方的建设意义更大。尤其我们这个新兵团在这次战斗中得到了实战的大大锻炼，战力、士气大为提高，攻坚信心更为提高，这是物质以外难得到的收获。但因时间拖延甚久，伤亡和消耗甚大，心中深以为憾，有时自己竟觉得惭愧万分！

　　现晋南战役已结束，部队和我正忙于休息与总结经验，准备新的晋中战役的一切工作。作战后忙，似乎比打仗还要忙得多了。不过，我的身体还算争气，不只没有垮下去，而且日益有点进步。

　　这次部队对城市政策纪律执行得很好，系长时的多方教育与再三严

申纪律所获的结果。但东关之商业区因久处战斗中，已破烂不堪了；城内尚好，惟不及以前东关之繁荣。

已嘱张双友①注意给鲁溪②和小岩儿③买点好弄的东西。因时间来不及，如能买到的话，下次有便当带来。请告诉他们姐弟二人，不是爸爸忘记了，而是时间来不及。

你如还在冶陶，以早搬去邯郸附近找一适当村子住下为好，万不可让小孩住在市内，免飞机轰炸受惊。

乾④

五月二十二日

于临汾东之南乔村

⭐ 注释和品读

① 张双友，徐向前的警卫。
② 鲁溪，徐向前的女儿。
③ 小岩儿，徐向前的儿子。
④ 乾，徐向前的自称。

这是徐向前1948年5月22日写给妻子黄杰的家书，通报了临汾战役胜利结束的喜讯。1948年3月7日至5月17日，经过72天的激烈战斗，徐向前指挥新组建的兵团，攻克国民党军重兵固守的临汾，使晋南地区全部解放，将晋冀鲁豫和晋绥两个解放区连成一片，有力地推进了全国的解放。在炮火连天的岁月，徐帅这封信举重若轻，信手拈来通告战况，介绍战后繁忙的工作，若闲庭信步。

开篇，他不无欣慰地介绍胜利战报。徐向前写道："临汾于十七日最后为我兵团攻下，顽敌为我全歼……总算过了难关，缴获亦不小（你看公报就可知道了），对以后内地打通后方的建设意义更大"。谈到实战经验的积累和士气的提升，徐向前更为欣喜。他说："尤其我们这个新兵团在这次战斗中得到了实战的大大锻炼，战力、士气大为提高，攻坚信心更为提高，这是物质以外难得到的收获。"作为司令员，经过大战，他对战士们十分关心，对队伍的消耗和人员的伤亡表现了极大遗憾。面对战况，他喜的是胜利，忧的是伤亡和消耗。信中两度提到这个问题，甚至感慨："但因时间拖延甚久，伤亡和消耗甚大，心中深以为憾，有时自己竟觉得惭愧万分！"第二段交流了战后的工作安排，通报一下身体状况。第三段谈部队进城的纪律表现，介绍临汾城在战争中受到的损害。最后，专门通报了寄小礼物给儿女的考虑。寥寥几句家常话，体现的是丈夫对妻子的关心，包含的是乃父对儿女的关切。末了，徐向前还特地交代妻子搬到农村居住，避免在市内因敌飞机轰炸而惊吓到孩子。谈及这种随时可能因飞机轰炸而生离死别的话题，却以拉家常的话语娓娓道来。对如此沉重的话题，却能轻松地进行交流，自然地流露出了爱党爱国爱家的高尚品格和临危不惧的元帅风度。

阅读感悟

就是说我能回得比预定时间要早

——任弼时致妻子陈琮英等（1949 年 12 月 24 日）

📧 **书信原文**

亲爱的英和远志并摘告远征及远远①：

你们两次寄来的两批信都收到，不料这样快就能得到你们这样多的信，而且远远也写信来，真使我高兴而快乐极了！

我共给你们写过七封信，打过一次电报，其中有一封是寄的航空信。据来信说，已收到信三封和电报一次，其余四封，则不知何时可到？

你们说过去三封信内说病况的内容太少，而带责备的劝说我不要吃酒，以为没人在旁干涉就可能更会任性吃酒吃烟了。我告诉你们，自到这里医院后，就没同烟酒见过面。这里吃饭是打到房间里吃的，饮食限制得十分严格，酒是一点也不准饮的，连盐油都吃的很少，其目的是在于减少我的体重和尿糖。这种饮食治疗法，确有效果。不到两星期，体重已减了二公斤，人比以前显得清瘦些了，血和尿中糖的定量也要减少些，不过没有体重减得这样明显。至于烟，那是很自觉的不吃它，惟不知远志是否还是自觉的不再吃辣椒？

我在医院已有两星期，检查过程大体已告结束，医生们并不详细将病情告诉病人，他们只说主要是高血压病，肝和心脏有些扩大，有些糖尿病。现在每天吃药不少，还打一种针，他们很重视睡眠，因之带安眠性质的药吃的不少，所以睡觉还算是很好。记得在北京时医生督促每天散步，最好睡前洗澡。但这里不主张运动，过去几天内，除吃饭、大小便外，要你整天躺在床上（每天只吃一千五百个热量，只够躺在床上之用）。每星期洗卫生澡一次，早晨则用一种有药的水擦身。

我在这里经过不少有名的大医生诊视，又已吃了不少的药，身体感觉比以前要有精神些，头不那样经常昏痛。总的方面说，是有进步的。血压早晨还在一百九十——一百一十（低压）上下，因为白天少运动，晚间比上述数字稍低一点。脉搏早晨九十多次，晚间八十多次。医生说血压不会恢复常态，但总希望能降到一百七十左右就好。

我在这里医治和休养的时间，可能比预定还要短一些，就是说我能回得比预定时间要早。医生说再有两星期可以出此医院去近郊休养，虽休养时间尚不知，大概也是在一个月到一个半月左右。

这次信对我的医治情况，算比前几次信要说的详细得多了吧！

瑞华[②]同志到我这医院后，也在积极治疗中，据说诊断与北京的差不多，暂时也不必用手术。每天吃药也不少，还在腹部涂上一种药。要她多餐多吃。朱子奇[③]常去为她翻译，故她治病尚无何种困难。我和她见过三次面。

凯丰[④]同志亦于前几天到达我们医院，我还没和他见过面，听说他的情况还好，正在检查中。

从来信中得知家中情况如常，小孩们照例星期六回家，一切如常，只是感觉到少了一点什么，这是很自然的。寒假快到了，会很热闹，但又要设法组织孩子们利用假期学习，希望远志要补习到初中毕业后确实能考进师大附属高中，不要从初中毕业就投考什么预科去着想。远征明年上期如有春季始业的初中班次，则可进这一班，如没有，则设法插进初中一年二级为好，以备将来能顺次进高中和大学。远远就只温习得能赶上原班就可以。

湘赣[⑤]的消息望继续去打听。

近来还是感觉寂寞，不过比初期要好一些，刘佳武⑥、朱子奇每隔一天来看一次（医生嘱不要每天都来，以免会客太多，妨碍静养），此外还有仲丽⑦、曾涌泉、边章五⑧等同志来看看。今天师哲⑨等约好来看。任岳⑩通过两次电话，因近日外面有流行感冒，不许任何人会客，故她还未能即见面。要待流行病减退后才能来。不过从电话中她说和任湘⑪、叶挺的第二个儿子等都在莫斯科大学读书，学经济，生活也还算可以，身体也算好。项苏云⑫则还在一个预科学校学俄文，尚未正式进学校。

已经交涉好在一月一号由一个女教员送远芳⑬来莫斯科，她们将住在红十字会中央机关（因她们的国际儿童院就是该会中央办的，也亦即是以前的互济会总会）或另旅馆，则尚未定。

天气已冷，这里不大见太阳。北京想必很冷。这里约在零下四五度，室内温度则在二十度左右，故我在室内白天只穿两件单衣，晚间只盖一毛毯即够。这些穿的盖的吃的用的都由医院供给，自己不仅不用什么钱，而且几乎可以不用自己一点东西。

望你们都要好好注意身体。祝你们都好。

你们的南⑭

十二月廿四日夜

⭐ 注释和品读

① 远志，任弼时的长女；远征，任弼时的次女；远远，任弼时的儿子。

② 瑞华，指张瑞华，聂荣臻的夫人。

③ 朱子奇，时任任弼时同志秘书。

④ 凯丰，指何克全，时任中共沈阳市委书记。

⑤ 湘赣，指任弼时寄养在湘赣边区老乡家的儿子。1933 年，任弼时被派往湘赣边区，担任省委书记兼军区政委。他将 1934 年出生的儿子取名为湘赣，后来寄养在当地老乡家中。新中国成立后，陈琮英前往湘赣地区寻找，但未能找到。

⑥ 刘佳武，指任弼时前往苏联治病的随行医生。

⑦ 仲丽，指朱仲丽，王稼祥的妻子。

⑧ 曾涌泉、边章五，时为中国驻苏联大使馆的工作人员。

⑨ 师哲，当时随毛泽东在苏联访问。

⑩ 任岳，任弼时的远房侄女。

⑪ 任湘，任弼时的远房侄子。

⑫ 项苏云，项英的女儿。

⑬ 远芳，指任远芳，任弼时的小女儿，当时在苏联伊万诺沃市第三十七学校学习。

⑭ 南，任弼时的自称。任弼时原名任培国，号二南。

这是任弼时 1949 年 12 月 24 日在苏联治病期间写给妻子陈琮英和女儿任远志、任远征以及儿子任远远的家书，介绍治疗情况，对孩子们的学习作了具体安排。任弼时对事业和工作恪尽职守，长期抱病工作，被称为"党的骆驼""人民的骆驼"。他一生经历曲折又十分有人情味，与妻子陈琮英患难与共的感情、对子女的关怀备至，在党内广受赞誉。

由于任弼时身体状况一直不好，党中央刚进北平就于 1949 年 4 月作出决定，要求他必须休息。但是，休养中的任弼时病情不仅没有好转，反而趋向恶化，出现昏迷症状。按照专家建议，任弼时于 1949 年 12 月到苏联，在莫斯科克里姆林宫医院住院治疗。住院期间，他坚持写信给妻子子女，通过家书联络感情、教育孩子。

信的开头，任弼时虽然重病在身，仍然轻松地与家人打趣拉家常，言明自己确实烟酒不沾，以打消家人的顾虑。接着，系统介绍治疗情况，通报医疗进展顺利的喜讯。他乐观地说："我在这里医治和休养的时间，可能比预定还要短一些，就是说我能回得比预定时间要早。"还愉快地告诉大家："这次信对我的医治情况，算比前几次信要说的详细得多了吧！"这寥寥几句，十分自然地体现出家人之间真诚交流的和谐气氛。

再下文，谈及同在莫斯科住院同志的近况，几个段落中交替介绍了多位同志来探访的有关事情。后面几段，重点是对远志、远征、远远的学习提出具体意见，细到孩子们补什么课、读哪个年级、插哪个班都作了安排。信中还要求继续打听寄养在老乡家的儿子湘赣的消息，介绍接远芳到莫斯科有关事宜。末了，说一下生活起居，避免家人挂念。这是一封内容详尽、情真意切的家书，字字句句饱含真情，读来让人十分感怀，对任弼时的病况也生出诸多遗憾。

任弼时 16 岁参加革命，却在 46 岁英年早逝，他的一生是光辉的一生、战斗的一生，为中华民族独立和中国人民解放事业奋斗了一生，贡献出了自己的一切。他为我们留下的宝贵精神财富，值得永远铭记、继承和发扬。

阅读
感悟

盼你不要怪我好管闲事

——罗瑞卿致妻子郝治平（1950 年 2 月 24 日）

 书信原文

治平：

遵照你的意见，将田儿、小青等先送回读书。内有金娜①，乃邓发的孩子，其母托我们代管。请送她去学校，每礼拜六同我们的孩子一块儿接回。我们的孩子已经够多了，再添一个，麻烦，没有办法，也应该照顾。盼你不要怪我好管闲事。

我出来一个多月，很想回去了。但是事情没有完又不好走，也不应走。我这个人做事，就是喜欢负责到底，你是知道的。这次出来走一趟，对我的意义很大，工作收获亦不少。你应为我高兴。

你现在身体怎样？希望你好好注意，经常去检查，不要大意。朵朵是不能再生病的，望多加注意。书儿去学校了，猛儿怎么办？

我买了一点儿东西，主要是衣料及孩子们的玩具，请你照收。

我很想你，但大约还要十天后才能与你见面。事情忙，不写了。

吻你！再吻你！

你的卿

二月廿四日

⭐ 注释和品读

① 金娜，指邓金娜，邓发同志的女儿。罗瑞卿在广州视察时，遇到邓发的妻子，她请求将女儿邓金娜送到北京读书，并由罗瑞卿夫妇代为照顾。

这是罗瑞卿 1950 年 2 月 24 日写给妻子郝治平的一封信，在话家常的同时提出照顾烈士子女的安排，希望妻子能够给予理解支持。

老一辈革命家对烈士子女都非常关心，在当时物质生活十分匮乏的情况下，他们宁可节衣缩食也要照顾好烈士的遗孤。罗瑞卿也是如此。在这封信里，除了交流外出公干的情况外，一个重要的事宜，就是沟通抚养照顾邓发的女儿邓金娜。邓发是党的早期领导人之一，在领导工人运动中发挥过重要作用，参加省港大罢工和东征战役，参加过广州起义。1946 年 4 月 8 日，同博古、叶挺、黄齐生等人一同返延安时因飞机失事在吕梁市兴县黑茶山遇难。此前，罗瑞卿到广州视察时，遇到邓发的妻子，她请求将女儿邓金娜送到北京读书，并由罗瑞卿夫妇代为照顾。出于对烈士子女的关心爱护，罗瑞卿同意把邓金娜接到北京，让其与子女一同读书、一起接送。对于这个安排，信里与其说是商量沟通，莫若说是通知，实际上就是一个必须执行的安排。所以，罗瑞卿的信里才请妻子郝治平给予理解和支持。他坦然说："请送她去学校，每礼拜六同我们的孩子一块儿接回。我们的孩子已经够多了，再添一个，麻烦，没有办法，也应该照顾。盼你不要怪我好管闲事。"郝治平 16 岁就参加革命，是一名受过抗日战争、解放战争洗礼的巾帼英雄，她对罗瑞卿关心照顾烈士子女的安排当然是十分支持的。

这封信的可贵之处，恰恰是从一个侧面体现革命者手足情深的深厚情谊，再现了老一辈无产阶级革命家关心关爱烈士子女的事迹。他们把培养烈士遗孤，作为自己义不容辞的职责。这种精神是传承红色基因的应有之义，值得在新时代大力弘扬。

阅读
感悟

海棠桃李均将盛装笑迎主人

——周恩来致妻子邓颖超（1951年3月17日）

📧 **书信原文**

超：

　　西子湖①边飞来红叶，竟未能迅速回报，有负你的雅意。忙不能做借口，这次也并未忘怀，只是懒罪该打。你们行后，我并不觉得忙。只天津一日行，忙得不亦乐乎，熟人碰见不少。恰巧张伯苓②先一日逝去，我曾去吊唁。他留了遗嘱。我在他的家属亲朋中，说了他的功罪。吊后偕黄敬③等往南大④、南中⑤一游。下午，出席了两个干部会，讲话，并往述厂⑥、愚如⑦家与几个老同学一叙。晚间在黄敬家小聚，夜车回京。除此事可告外，其他在京三周生活照旧无变化，惟本周连看了三次电影，其中以《两家春》为最好，你过沪时可一看。南方来人及开文⑧来电均说你病中调养得很好，颇慰。期满归来，海棠桃李均将盛装笑迎主人了。连日风大，不能郊游，我镇日⑨在家。今日苏联大夫来检查，一切如恒。顺问朱、董、张、康⑩等同志好。

　　祝你日健！

周恩来

一九五一·三·一七

⭐ 注释和品读

① 西子湖，即西湖。当时邓颖超在杭州疗养。

② 张伯苓，南开中学、南开大学、南开女中、南开小学的创办人，曾任南京国民政府考试院院长。1951 年 2 月 23 日在天津病逝。2 月 24 日，周恩来从北京赶到张家吊唁，并高度评价说："张校长一生是进步的、爱国的；他办教育是有成绩的，有功于人民的。"

③ 黄敬，时任天津市委书记、市长。

④ 南大，指南开大学。周恩来 1919 年至 1920 年在此就读。

⑤ 南中，指南开中学（原名南开学校）。周恩来 1913 年至 1917 年在此就读。

⑥ 述弢，指潘世纶，周恩来在南开学校时的同学。

⑦ 愚如，指李愚如，潘世纶的妻子。

⑧ 开文，指潘开文，朱德的秘书。

⑨ 镇日，指整天，从早到晚。

⑩ 朱、董、张、康，指朱德、董必武、张晓梅、康克清。张晓梅，时任北京市妇联主席。康克清，朱德的妻子。

这是周恩来 1951 年 3 月 17 日写给邓颖超的一封家书，主要是交流与南开学校老朋友的重逢，体现了夫妻之间的深厚感情。写这封信时，邓颖超身患小恙，正在杭州疗养，周恩来则到天津吊唁南开大学老校长张伯苓，顺道拜会老朋友。这些老朋友是他们在天津读书时的故人，两人都十分熟悉。其时刚解放不久，新中国各项建设事业起步顺利，周恩来心情比较愉悦轻松。周总理的这封信，表达简约，富有诗意，言辞幽默，是一封情感充沛的家书。信的内容十分清楚，无须赘述。值得推介的是，了解一下紧随其后的鸿雁传书，更能体会两人之间的深厚感情。

3 月 23 日，邓颖超回信中说："不像情书的情书，给我带来了喜慰。回报虽迟，知罪免打……先寄语桃、李、海棠，善备盛装迎接主人呀。"3 月 31 日，周恩来在信中接着写道："昨天得到你二十三日来信，说我写的是不像情书的情书。确实，两星期前，陆璀答应我带信到江南，我当时曾戏言：俏红娘捎带老情书。结果红娘走了，情书依然未写，想见动笔之难……现时已绿满江南，此间方始发青，你如在四月中北归，桃李海棠均将盛开。我意四月中旬是时候了。忙人想病人，总不及病人念忙人的次数多，但想念谁深切，则留待后证了。"周恩来与邓颖超感情甚笃，两人相濡以沫、相敬如宾，既是恩爱夫妻，又是革命战友。他们之间的信函往来，历来都饱含浓浓爱意，堪为如今弘扬优良家风的好教材。

阅读
感悟

去雨花台凭吊烈士
一时情不自禁潸然泪下

——陈赓① 致妻子傅涯（1957 年 3 月 8 日）

 书信原文

亲爱的涯：

在南京整整工作十一天，检查了军事学院、总高级步校及南京军区的工作。收获确是不小，但是没有得到休息。失眠又发作，只好恢复吃水药，吃水药后又可以每夜睡到六小时了，只是没有水药就不行。明天准备去长江两岸及宁沪线上作实际勘察，预料半个月后才能到达上海，这样的勘察旅行，可能对我的身体有好处。这次在南京，曾乘暇去雨花台凭吊烈士，在许多陈列的照片中，发现了很多是我过去的老战友和难友，一时情不自禁，潸然泪下，因此，想到我还活着，较之他们（烈士）占了大便宜，若果我还不振作，如今有些疲惫感的话，那我太对不起他们了。

这几天总是想着您和儿女们，涯子的活泼天真时时绕着我的心灵，有时竟想早些言归，但我不能这样做。你们的情况希望得到您的报知，到上海后无论如何要通一次电话。我这次准备到宁波，我很想去沥海所② 一游。到上海再写信给您。

祝

你好！

吻你并建、进、庶、涯③！

您的赓

三月八日

⭐ 注释和品读

　　① 陈赓 (1903—1961)，原名陈庶康，湖南湘乡人。1921 年，在长沙参加"青年救国会"等群众团体，积极从事反帝爱国活动。1922 年加入中国共产党。1923 年 2 月，参加湖南"二七惨案"的罢工和示威。1923 年 6 月，任"湖南外交后援会"执行委员，参加反日斗争并负伤。1924 年 5 月考入黄埔军校第一期，毕业后留校任连长、副队长，参加了讨伐陈炯明的东征等战斗。1926 年秋，被派到苏联学习，1927 年年初回国。8 月，参加南昌起义。8 月底在贺龙领导的第二军任营长。1928 年起，主持中共中央特科的情报工作。1931 年 9 月赴鄂豫皖苏区，任中国工农红军第四方面军团长、师长。长征中任干部团团长。到陕北后任第一军团第一师师长，参加了直罗镇、东征、西征、山城堡等战役。抗日战争全面爆发后，任八路军第一二九师第三八六旅旅长。1940 年任太岳军区司令员，次年任太岳纵队司令员，参与领导创建晋冀豫根据地。抗日战争胜利后，率太岳纵队参加上党战役。1946 年 7 月，率第四纵队和太岳军区部队转战晋南。1947 年 8 月与谢富治率晋冀鲁豫野战军主力一部，强渡黄河，挺进豫西，开辟豫陕鄂解放区。参加淮海战役作战。1949 年任人民解放军第四兵团司令员兼政委，率部横渡长江，解放南昌。1950 年 2 月进驻昆明，任西南军区副司令员、云南省人民政府主席、云南军区司令员。1951 年参加抗美援朝，任中国人民志愿军副司令员兼第三兵团司令员、政委。1952 年 6 月回国，筹办并任人民解放军军事工程学院院长兼政委。1954 年 10 月任人民解放军副总参谋长。1955 年被授予大将军衔。1956 年当选为中共第八届中央委员。

1958 年 9 月兼任国防科学技术委员会副主任。1959 年 9 月任国防部副部长。1961 年 3 月 16 日在上海病逝。

②沥海所，地处浙江省绍兴市上虞区西北部，旧时为曹娥江入海处，因其乃海防要区，明代驻兵防守设所，故得此名。傅涯是上虞沥海人。

③建、进、庶、涯，指陈赓的儿子陈知建、女儿陈知进、儿子陈知庶、儿子陈知涯。

这是 1957 年 3 月 8 日陈赓写给妻子的家书，通告自己在南京检查工作的情况，交流去雨花台凭吊烈士的感想。陈赓是党的资深的领导干部、我军著名的高级将领，历经无数大战、血战，一生纵横捭阖、功勋卓著。他参加革命很早，是黄埔军校一期生，与国共两党诸多高级领导和著名将领多有交集，与许多牺牲的革命烈士有着深厚的感情。

写这封信时，他南下到江苏检查工作，下一站要去上海勘察。信的开头，简单介绍检查南京几个重要的军事单位的情况，同时交代用药和身体状况。历经戎马倥偬的艰难岁月，其时陈赓患有失眠症，身体状况不佳，需要服药才能睡好。去雨花台烈士陵园凭吊烈士时，在许多陈列的照片中看到很多过去的老战友、难友，禁不住哀伤哭泣、潜然泪下。想起过往共事的这些革命同志，陈赓诚挚感叹烈士为革命事业作出的牺牲，发出了生者当更加振奋精神、奋力工作的心愿。他写道："若果我还不振作，如今有些疲惫感的话，那我太对不起他们了。"信的末尾写了对妻子儿女的思念。坦言"有时竟想早些言归，但我不能这样做"。最后，沟通了下站自上海去宁波，可能去傅涯老家浙江上虞沥海所游历的计划。

这封信纸短情长，是铁血将军侠骨柔情的自然宣泄。陈赓大将对战友情深义重、对家人关切牵挂，这种发自内心的情感深沉厚重，这份坦诚的心迹弥足珍贵。全信情真意切，虽只寥寥三四百字，读来却不禁让人唏嘘不已。

六、深情厚谊

堂兄林修梅弥留仅语及国家大事

——林伯渠① 致堂叔林范心（1921 年 10 月 16 日）

 书信原文

林范心先生鉴：

堃哥②因齿痛，于十月初一经请牙医拔去二枚，当夜痛甚。一连数日寒热交作，夜不成寐。初九移住医院诊治，服药罔效，齿腮愈肿，粒米难进。不得已，请医割开去脓，病势稍减。忽于十五日上午十时肺部大痛，无法救治，竟于是日上午十一时身故。悲伤曷极！弥留仅语及国家大事。现蒙大总统③派陆军部治丧，十六日将旅榇④暂厝于粤城永胜寺，并拟另日开会追悼。一俟大局平静，即运榇回籍。请命义生⑤在家设位致祭，遵礼成服。刻下义生可否来粤，请酌量。如即来须觅一妥伴同行。侄意暂不来亦可，因干戈满地，行旅维艰，此间丧事经侄等暨诸位同志办理均妥。当俟时局稍安灵榇回湘时，再行电告。届时义生即来迎接，何如？余缄详。

侄祖涵⑥、学光谨叩铣⑦

⭐ 注释和品读

① 林伯渠（1886—1960），湖南临澧人。早年加入同盟会、中华革命党，追随孙中山参加革命活动。1920 年 8 月加入上海的中国共产党早期组织，成为中共最早的一批党员之一。1927 年大革命失败后，参加南昌起义。1928 年秋到苏联，先后在莫斯科、海参崴学习和任教。1933 年进入中央革命根据地，先后任中华苏维埃共和国临时中央政府国民经济部部长、财政部部长。1934 年 10 月参加长征。1937 年 9 月至 1949 年任陕甘宁边区政府主席。1937 年起，多次担任国共谈判的中共代表，曾任国民参政会参政员。新中国成立后被任命为中央人民政府委员会秘书长。1954 年当选为全国人大常委会副委员长。1960 年 5 月 29 日在北京病逝。

② 堃哥，指林修梅，林伯渠的堂兄，林范心的侄子。

③ 大总统，指孙中山。1921 年 5 月 5 日，孙中山在广州就任非常大总统，林修梅曾任总统府代理参军长。林修梅病逝后，孙中山下令追赠为陆军上将，并为他举行国葬。

④ 榇，指灵柩。

⑤ 义生，指林义生，林修梅的儿子。

⑥ 祖涵，即林伯渠。林伯渠原名林祖涵，字伯渠。

⑦ 铣，指写信时间。旧时函电中习惯用诗韵韵目"东、冬、江、支"等依次代表每个月的各日，韵目"铣"即十六日。

这是林伯渠 1921 年 10 月 16 日写给堂叔林范心的一封家书，汇报堂兄林修梅不幸病逝的主要经过及后事安排情况。林伯渠早年加入同盟会、中华革命党，追随孙中山参加革命活动。又是我们党建党时期最早的党员之一，在孙中山改组国民党过程中发挥过重要作用。林伯渠的堂兄林修梅，是民国前期一位声名卓著、英勇善战、影响力很大的骁将。1918 年冬，因为战功卓著，林修梅被广州军政府授予陆军中将军衔。林修梅长年对堂弟林伯渠十分关心，曾计划资助林伯渠前往苏联游历。在林伯渠眼里，林修梅既是兄长，又是师友。1921 年，林修梅到广州军政府担任顾问，后出任孙中山总统府代理参军长。这年 5 月，林伯渠也到广州，任孙中山大元帅府参议。兄弟俩都深得孙中山的倚重，自此两人同住在广州六榕古寺附近的牛巷，经常交流对时局的看法，探讨中国未来之路。不料，10 月份，林修梅突患急病，且很快就不治去世。这封信就是在这个时候写就的，信中详述了林修梅病逝的经过。林修梅一生为革命外出征战，根本无暇顾及家人，去世前念念不忘的仅是陪同孙中山出巡。信中，"悲伤曷极！弥留仅语及国家大事"，说的就是这个事。很简单的一句话，特别是一个"仅"字，足以证明林修梅对革命事业的忠诚和执着。作为享誉一时的职业军人，他临终牵挂的唯有国家大计，未尝提及家人亲人。林修梅去世后，临时大总统孙中山下令为其举行国葬，追赠为陆军上将，乃为逝者的人生殊荣。林伯渠的这封信，以极简的文字既清楚交代有关事宜，又体现了对亦师亦友的堂兄去世之痛惜悲伤，手足情深溢于言表。

阅读
感悟

助弟妹等建立自然而有幸福的家庭

——恽代英① 致弟媳葛季膺（1923 年 6 月 19 日）

 书信原文

季膺妹：

五月廿日信由强弟② 转来，不觉回环读了几遍，心胸中自然充满了快感。我初虑强弟或仍不免于结旧式婚姻，又虑强弟交游太狭，或不能得理想的配偶。今读妹此函，吾诚不自觉的以手加额为我强弟庆。以我知强弟之深，亦复不自觉的为妹庆也。

来函云在杨效春房间得一相见，我犹能忆之。对我奖辞，容有过当。所谈志愿性行，我实无任敬佩。强弟能得如此良友，如此畏友，终身作伴，料应朋辈当妒杀耳！迟婚实有利益。我辈老父既因我决于单身，诚不能无早望强弟成婚之念，但为人慈和通达，终不十分相强。我已将妹函附于家禀转寄老父，我意读此函后，当能感恍然如见佳儿妇之乐，更可以不复念念于怀也。

人家说："结婚是爱情的坟墓。"我料强弟及妹，能均保持今日志行，必可免于此状。普通结婚后所生的坏影响，一是男女性情不平和谅让；二是每因经济上彼此计较发生意见；三是只知恋爱别无正当志愿，及彼此间尊重人格的思想。这均非强弟及妹所有的情形。因此我不能不祝你们的"爱"的前途无量。

　　我因颇欲以一日之长谋社会的根本改造，故不欲以儿女之事自累。然近来以个人债累（由于以前经营书社工厂失败的结果），仍不能不稍为金钱束缚行动。本年以到成都之便，遂任高师教育学一席，我极无意模仿学者，纵偶有独见，此终觉非分也。现友人约到上海大学任总务长一席，我已以支款了结宿债为条件，决定承诺与否。但八月间总须到沪一行，下半年事现仍不能自决。不过据友人来函，上海大学任教多一时畏友，苟稍经营可为一般改造同志驻足讲学储能之处，故颇重视之也。我约十日后离此。

　　我亦欲与强弟协力担负，使老父稍息仔肩。但年来偏责强弟的稍多，即将来遇艰危转徙之际，或仍不能免此。惟愿机会较佳时，我终可分任若干也。我们终究当移家江南，若能以将来弟妹结婚的小家庭为基础，然后移家，则自可免于许多旧家庭恶习也。好在家父既不守旧，一庶母年幼而无恶性质，将来可使以工艺自给，一妹则强弟抚视教化之，可信家庭中亦无难处事也。

　　我视家如旅社，然正好助弟妹等建立自然而有幸福的家庭。吾决不欲吾弟吾妹为家庭而损害恋爱的幸福。我将来可以为你们的高等顾问也。一笑！

　　我能与我的弟妇如此絮谈，殊为有味。然吾妹实不仅我的弟妇，一方实系我的朋友，我们仍愿在品行学业上，互相切磋敦励。我望吾妹无论何时，均不因我为夫兄而有许多委屈隐讳。吾妹为我挚爱之强弟的爱人，在吾心胸中比之视吾康妹（在南高附小的）还十分亲切。所以我很不愿无论何时，吾弟或吾妹有因家庭而忍受委屈隐讳的痛苦的地方。果有此等地方，我必尽力为之救正③。此皆出于至诚，强弟必深信我，而预料吾妹亦必深信我也。

代　英

六月十九日

⭐ 注释和品读

① 恽代英（1895—1931），原籍江苏武进。学生时代积极参加革命活动，是武汉地区五四运动主要领导人之一。1920 年创办利群书社，后又创办共存社，传播新思想、新文化和马克思主义。1921 年加入中国共产党。1923 年任上海大学教授。同年 8 月被选为中国社会主义青年团中央委员、宣传部部长，创办和主编《中国青年》半月刊。1924 年从事国共合作的统一战线工作。1925 年参与领导五卅运动。1926 年 5 月，在黄埔军校任政治主任教官和中共党团干事。1927 年 1 月到武汉，主持中央军事政治学校工作，任政治总教官。7 月赴江西九江，任中共中央前敌委员会委员，参与组织和发动南昌起义。12 月，参与领导广州起义，任广州苏维埃政府秘书长。1928 年年底，到上海任中共中央宣传部秘书长等职，曾主编中央机关刊物《红旗》。1929 年 6 月在中共六届二中全会上被补选为中央委员。1930 年 5 月 6 日，在上海被国民党当局逮捕。1931 年 4 月 29 日被杀害于南京，年仅 36 岁。

② 强弟，指恽子强，恽代英的弟弟。

③ 救正，意为纠正。

这是恽代英 1923 年 6 月 19 日写给弟媳葛季膺的一封家书，祝福她和弟弟恽子强幸福美满，对他们的婚姻生活提出建议。恽代英是中国共产党创建时期的重要领导人之一，出生于湖北武昌一个官僚家庭。由于长期为革命事业奔波，加之结发妻子去世过早，且未有子嗣，曾经长期过着单身生活，老家父母颇为之挂怀。写这封信时，恽代英任中国社会主义青年团中央宣传部部长兼《中国青年》主编，各种社会事务十分繁忙，更是无暇顾及老家父母兄弟。恰好弟弟转来弟妹的信，了解到弟妹的贤达，不胜欣慰回了这封饱含亲情、关切备至的书信。

信的开头，表达了对弟弟、弟妹的好感和祝福。用"不觉回环读了几遍"，表达对弟妹的高度认可，也表明对来信爱不释手。接下来的几段，主要表达了三层意思。一是表达自己对婚姻家庭的态度，谈到自己"以一日之长谋社会的根本改造"的志向，顺带简单提及自己到上海大学教书的计划。二是对弟弟、弟妹今后婚姻生活提出意见建议，相信他们一定能"保持今日志行"，从而彼此的爱"的前途无量"，过上美好的生活。三是表示友好和支持，要求弟妹在家庭生活遇到委屈时告知并由他出面说服弟弟。他恳切提议，"我望吾妹无论何时，均不因我为夫兄而有许多委屈隐讳"，无论何时弟弟、弟妹因家庭而忍受委屈，则由他出面，"尽力为之救正"。根本目的，则是助弟弟、弟妹"建立自然而有幸福的家庭"。

恽代英一生忠于革命，兼具坚定的政治信念、顽强的斗争精神和出众的才华。身陷囹圄时，仍然以高昂的爱国主义热情写就感人肺腑的《狱中诗》："浪迹江湖数旧游，故人生死各千秋；已摈忧患寻常事，留得豪情作楚囚。"这封信的可贵之处是出于至诚，既体现了长兄的拳拳爱心，真挚地提出生活建议，又展示了革命者的开明思想和博大胸襟，乃是弘扬优良家风的上乘作品。

阅读
感悟

知双亲一定挂念　但儿又何尝不惦念双亲

——邓恩铭① 致父亲邓国琮（1924年5月8日）

📧 **书信原文**

父亲大人：

　　不写信又三个月了，知双亲一定挂念，但儿又何尝不惦念双亲呢。儿一切很好，想双亲及祖母……均安康如常？

　　儿生性与人不同，最憎恶的是名与利，故有负双亲之期望，但所志既如此，亦无可如何。再婚姻事，已早将不能回去完婚之意直达土家。儿主张既定，决不更改，故同意与否，儿概不问，各行其是也。三爷②与印寿③回南，儿本当同行，奈职务缠身，无法摆脱，故只好硬着心肠不回去。印寿如到荔④，问他就知道儿一切情形了。儿明天回青岛，仍就原事⑤。余后续禀，肃此敬请

　　福安　并叩

　　祖母万福顺祝

　　阖家清吉

　　　　　　　　　　　　　　　　　　　　男　恩明⑥ 谨禀

　　　　　　　　　　　　　　　　　　　　五月八日

回家事虽没定，但亦不可告人。

⭐ **注释和品读**

① 邓恩铭（1901—1931），水族，贵州荔波人。1918 年考入济南省立第一中学。五四运动爆发后，被选为学生自治会领导人兼出版部部长，主编校报，组织学生参加罢课运动。1920 年 11 月，他与王尽美等组织励新学会，出版《励新》半月刊。1921 年春，与王尽美等人发起建立济南的共产党早期组织。同年 7 月，赴上海出席中国共产党第一次全国代表大会。会后回济南建立中共山东区支部，任支部委员。1922 年 1 月，赴莫斯科参加远东各国共产党和民族革命团体第一次代表大会，受到列宁接见。同年年底，赴青岛创建党组织，先后任中共直属青岛支部书记、中共青岛市委书记。大革命时期，先后领导胶济铁路工人大罢工和青岛日商纱厂工人同盟大罢工。1925 年 8 月，被任命为中共山东地方执行委员会书记。1927 年 4 月，赴武汉出席中共第五次全国代表大会，回山东后，任中共山东省执行委员会书记。八七会议后，任中共山东省委委员。1928 年春，任中共青岛市委书记。同年 12 月，由于叛徒告密在济南被捕。1931 年 4 月 5 日，被国民党军警枪杀于济南纬八路刑场。

② 三爷，指邓恩铭的二堂叔。

③ 印寿，指黄幼云，邓恩铭的堂弟。

④ 荔，指贵州省荔波县，邓恩铭的家乡。

⑤ 原事，指中共青岛直属支部书记的职务。

⑥ 恩明，作者自称。邓恩铭又名邓恩明、黄伯云。

这是邓恩铭 1924 年 5 月 8 日写给父亲邓国琮的家书，表达把革命事业放在第一位的决心，倾诉对亲人的思念。邓恩铭 1901 年出生在贵州省荔波县水浦村板本寨的一个水族家庭，16 岁时就离开家乡，受亲戚资助去山东济南读书，很早就投身于党的革命事业。1921 年 7 月，邓恩铭与王尽美代表山东济南共产主义小组，赴上海出席中共一大。这封信是邓恩铭自山东写给父亲的回信。此前，邓国琮曾来信，希望他"谋阔差光宗耀祖，早定婚传宗接代"。父亲本来期望他读书做官，并在家乡给他定了亲，还想以婚姻拴心留人，故来信催他回家结婚。但是，家人的反对，并没能动摇他坚定的革命决心。

邓恩铭的回信，开门见山诉说对亲人的想念："知双亲一定挂念，但儿又何尝不惦念双亲呢"。信末又重拾思亲这个话题，写到自己本该随同堂叔和堂弟回贵州，但是，"奈职务缠身，无法摆脱，故只好硬着心肠不回去"。这样的回复，十分坦白直率，又不失诚敬。信的中间段落，述说了自己从事革命的志向和反对包办婚姻的决心。对于父亲之前希望他"谋阔差""光宗耀祖"的要求，邓恩铭作了回应，希望父亲理解。他说："儿生性与人不同，最憎恶的是名与利，故有负双亲之期望，但所志既如此，亦无可如何。"至于回去结婚之议，他不给家人任何商量的余地，称："儿主张既定，决不更改，故同意与否，儿概不问，各行其是也。"

邓恩铭是中国早期工人运动的卓越组织者和领导者、党的创始人之一，对无产阶级革命事业具有坚定执着的政治信念和科学进步的人生观。他反对父母为他作出的人生安排，但是对父母却一如既往地尊敬、挚爱。他思念双亲，但宁可将亲情放在一边，硬着心肠不回老家，始终将党的工作放在第一位。这正是这封信最可宝贵之处。

阅读
感悟

可以不时去看望两个可怜的孩子

——陈潭秋① 致三哥陈春林、六哥陈伟如（1933 年 2 月 22 日）

 书信原文

三哥、六哥：

　　流落了七八年的我，今天还能和你们通信，总算是万幸了。诸兄的情况我间接的知道一点，可是知道有什么用呢！老母去世的消息，我也早已听得也不怎样哀伤，反可怜老人去世迟了几年，如果早几年免受许多苦难呵！

　　我始终是萍踪浪迹、行止不定的人，几年来为生活南北奔驰，今天不知明天在哪里。这样的生活，小孩子终成大累，所以决心将两个孩子送托外家抚养去了。两孩都活泼可爱，直妹② 本不舍离开他们，但又没有办法。直妹连年孕、产、哺，也受累够了，一九年曾小产了一男孩，二十③ 年又产一男孩，养到八个月又夭折了，现在又快要生产了。这次生产以后，我们也决定不养，准备送托人，不知六嫂添过孩子没有？如没有的话，是不是能接回去养？均望告知徐家三妹（经过龚表弟媳可以找到）。

　　再者我们希望诸兄及侄辈如有机会到武汉的话，可以不时去看望两个可怜的孩子，虽然外家对他们痛爱无以复加，可是童年就远离父母终究是不幸啊！外家人口也重，经济也不充裕，又以两孩相累，我们殊感不安，所以希望两兄能不时地帮助一点布匹给两孩做单夹衣服（就是自己家里织的洋布或胶布好了）。我们这种无情的请求望两兄能允许。

　　家中情形请写信告我，经徐家三妹转来。八娘子及孩子们生活情况怎样？诸兄嫂侄辈情形如何？明格听说已搬回乡了，生活当然也很困苦的，但现在生活困苦，决不是一人一家的问题，已经成为最大多数人类的问题（除极少数人以外）了。

　　（我的状况可问徐家三妹）

弟　澄④上

二月二十二日

⭐ 注释和品读

　　① 陈潭秋（1896—1943），湖北黄冈人。青年时代积极参加五四运动。1920 年秋，和董必武等在武汉成立了共产主义小组并参与组织社会主义青年团。1921 年 7 月出席中共一大。此后，先后任中国劳动组合书记部武汉分部负责人、中共安源地委委员、武昌地委书记、湖北区委组织部部长、江西省委书记、江苏省委组织部部长、山东临时省委负责人、满洲省委书记、江苏省委秘书长等职，领导各地的工人运动、学生运动和兵运工作。1933 年初夏，陈潭秋到中央苏区工作，任福建省委书记。1934 年 1 月，在瑞金召开的中华苏维埃共和国第二次全国代表大会上，被选为中央执行委员和中央政府粮食委员。红军长征后，陈潭秋留中央苏区坚持游击战争，任中共江西分局委员兼组织部部长。1935 年 8 月赴莫斯科参加共产国际第七次代表大会。后参加中国共产党驻共产国际代表团的工作。1939 年 5 月，回国任党中央驻新疆代表和八路军驻新疆办事处负责人。1942 年 9 月 17 日被捕。1943 年 9 月 27 日被秘密杀害于狱中。

②　直妹，指徐全直，陈潭秋的妻子。

③　一九年，指中华民国十九年，1930 年；二十年，指中华民国二十年，1931 年。

④　澄，陈潭秋自称。陈潭秋原名陈澄，字云先。

这是陈潭秋 1933 年 2 月 22 日写给三哥、六哥的家书，倾诉对亲人的思念，交流子女养育事宜，体现甘为革命事业牺牲一切的崇高精神。陈潭秋是党的一大代表、党的早期创始人之一，长年为党的事业四处奔波，领导各地的工人运动、学生运动和兵运工作。写这封信时，他任江苏省委秘书长，当时江苏省委在上海租房子作为办公地点，陈潭秋和妻子徐全直这个时期正好在上海工作、生活，处在地下工作状态，根本没有条件照顾子女。

信的开头，不无哀伤地感叹家人的苦难际遇。他说："流落了七八年的我，今天还能和你们通信，总算是万幸了。"谈及老母去世，他感叹："反可怜老人去世迟了几年，如果早几年免受许多苦难呵！"陈潭秋一家为革命付出了很大的牺牲。由于陈潭秋家多人参加革命，国民党当局对他们家非常痛恨，甚至放火烧毁了所在的村子，全家颠沛流离、苦难不堪。由于自身始终为革命萍踪浪迹、南北奔驰，陈潭秋和妻子无暇他顾，只能将两个孩子送去外家寄养。但是，带着对孩子的深情关爱，他恳请三哥、六哥能够设法接济寄养在外家的两个孩子，"希望两兄能不时地帮助一点布匹给两孩做单夹衣服（就是自己家里织的洋布或胶布好了）"。也正因为对孩子的爱护，所以接下来，陈潭秋谈到即将出生的孩子，又借问六哥六嫂可否把孩子接过去养育。信末谈到时局，陈潭秋写道："现在生活困苦，决不是一人一家的问题，已经成为最大多数人类的问题了"。寥寥一语，痛斥了国民党的黑暗统治，表达了对人民苦难生活的关切。

这封信，没有豪言壮语，没有铮铮誓言，通篇娓娓道来，却是对亲人满含血泪的牵肠挂肚。信的重心在于探讨孩子的寄养领养，他们夫妻不是不爱自己的孩子，只是为了革命事业，不得不作出将其寄养外家的艰难选择。更令人哀叹的是，徐全直将孩子生下后很快就因叛徒出卖而被捕、牺牲。陈潭秋的这封家书，满载着骨肉亲情和家国大义，句句深情、字字入心。平淡的话语下，记载的是痛彻心扉的生离死别，奏响的是感人肺腑的生命绝唱。

 阅读
感悟

以兄弟般的情谊对待人民教育人民

——吴玉章致侄子林宇（1952 年）

 书信原文

林侄：

　　收到你的信后久未回信，因事稍忙。你现任富顺县长职，事情更繁多，要独立工作，就要更全面地考虑问题。依靠党，相信群众，好好地执行政府法令，诚心诚意为人民服务，随时注意人民疾苦，使人民各得其所，发挥人民的智慧，以兄弟般的情谊对待人民，教育人民。乡间封建思想还很浓厚，尤其婚姻问题的旧习惯一时还改不过来，司法人员不遵行婚姻法，以致现在全国为婚姻而死亡的不少，这是要特别注意的。北京近来常演《梁山伯、祝英台》《小女婿》《小二黑结婚》等戏，政府再三命令切实执行婚姻法，而顽固分子常常阻挠，我们必须进行斗争来改正风气。有关农村生产经验及合作社互助组等方面的书刊，即由我现在的秘书钟涵同志常常为你收集寄去。《人民日报》《光明日报》《北京日报》每天都有很多好材料。我曾为你订了几个月《人民日报》，收到否？重庆《新华日报》及地方报纸想也都常有这类文章、报告的登载，只要天天看报就能得到很多经验教训。你要有广播收音机，每天要听广播，并要作宣传，我们现在有一日千里的进步，必须时时留心时事。近来我身体很好，体重增加很多，身上比以前有肉了。乐毅①已入本校

153

专修科合作社班学习，性情已大有改善，本蓉②已入保育院，他们都很好。淑芳③写信来问，说很久没有接到她父亲的信，我想写信告诉她一点使她安心。这小孩还聪明，她说要争取入团，在培德中学学习也很好，要好好培养她。现在这些青年是很可宝贵的，只要我们大力培养他们，三、五年后我国有很多新青年，从此一定能成为富强的大国。你说你母亲生活很困难，用吴保秀④名现寄给你三十万元⑤作她急需之用。四嫂⑥的生活如何，我常常担心，四姐⑦住在城里，其卫⑧也结婚了，我好久没有接到他们的信了。端甫⑨常有信来，鞍山的大规模建设使他很感动，大有进步。你有空时就写信告诉我一切。

问你近好。

叔玉　　章

☆ 注释和品读

① 乐毅，指蔡乐毅，吴玉章的儿媳。

② 本蓉，指吴本蓉，吴玉章的孙子。

③ 淑芳，指吴淑芳，吴玉章侄孙吴本熙的女儿。

④ 吴保秀，当时是吴玉章的警卫员。

⑤ 三十万元，用的是当时旧币。当时流通的人民币面额比较大，中国人民银行 1955 年 3 月 1 日发行新人民币后，规定新币一元等于旧币一万元。

⑥ 四嫂，指林宇的堂嫂，吴玉章侄子吴鸣和的妻子。

⑦ 四姐，指吴惠修，吴玉章的女儿。

⑧ 其卫，指蓝其卫，吴玉章的外孙。

⑨ 端甫，指吴端甫，又名吴大璋，吴玉章的侄子。当时在鞍山钢铁公司任技术处副处长兼炼铁总工程师。

　　这是 1952 年吴玉章写给侄儿林宇的家书，指导他依靠党、相信人民、执行政府法令爱岗履职。其时，新中国刚建立，各方面事业都突飞猛进，县一级政府官员任务非常繁重，尤其需要增强责任感，树立和增强全心全意为人民服务的宗旨意识。此时林宇恰好担任县长，岗位重要、职责重大，吴玉章对侄儿的工作非常重视，所以才专门写信给予教导。全信的重心是谈工作、给指导。首先，教导林宇确立正确的工作理念，要求侄儿作为县长，就要独立工作、全面地考虑问题。他写道，作为县长，就要"依靠党，相信群众，好好地执行政府法令，诚心诚意为人民服务""随时注意人民疾苦，使人民各得其所，发挥人民的智慧，以兄弟般的情谊对待人民，教育人民"。其次，要求林宇重视农村思想观念的改造。他认为，当时乡间封建思想还很浓厚，"我们必须进行斗争来改正风气"。再次，要求林宇加强理论学习、政策学习，了解掌握形势的发展变化。信中说，党和国家事业发展迅猛，"现在有一日千里的进步"，必须跟进阅读《人民日报》《新华日报》等报刊，时时留心时事，做好宣传工作。谈完公事后，吴玉章与侄儿拉拉家常，介绍了家中多位亲人的近况。这封家书的价值，主要在于新中国成立伊始，面对繁重的经济社会发展重任，像吴玉章这样的老一辈无产阶级革命家就把教育党员干部当作重要事务来抓，及时教导并督促年轻官员依靠党、执行政府法令、忠于人民。这对于执政条件下保持党员干部的先进性纯洁性，促进各级干部依法行政、廉洁奉公，具有开创性的积极意义。

阅读
感悟

七、舐犊情深

幸福绝不是天地鬼神赐给的

——何叔衡致义子何新九（1929 年 8 月 3 日）

 书信原文

新九：

　　许久未发家信了，我亦未接得家信，只有嗣女①转来数语，云你尚能负担侍养你老母的责任，这是非常欣幸的。前阅报章，云湖南夏秋又遭旱灾，并且非常普遍，到底情形怎样？颇难释念！我在外身体甚好，所学所行，均能如愿，毋烦挂念。你老母近况如何？全家大小怎样？各至戚家情形怎样？地方情形怎样？日用所需价格怎样？家中耕种畜牧情形怎样？务请你详细列表写告！我甚不愿意你十分闭塞，对于亲戚邻近人家也要时常走谈一下，讨论谋生处世的事，一切劳力费财的事，总要仔细想想。要于现时人生有益的才做。幸福绝不是天地鬼神赐给的，病痛绝不是时运限定的，都是人自己造成的。此理苟不明白，碌碌忙忙，一生没有出头之日。我平生对于过去的失败，绝不懊悔；未来的侥幸，绝不强求；只我现在应做的事，不敢稍为放松，所以免去许多烦恼。你能学得否？我知你大伯、三伯等，现在的齿发，怕不像从前了吧？你兄弟诸侄的能力，应比从前能独立了些吗？你如写信给我，应该要从有关系有意义的地方着笔，不要写些应酬话呢！我在外即写字也弄了几十元，但无法汇寄你老母及老伯用。又知此信到日，或在你老母生日左右，苟葆倩来，可以商量答复也。

祝大小全吉！

旧历六月二十八^②

衡 笔

⭐ **注释和品读**

① 嗣女，指何实嗣，何叔衡的女儿，共产党员，早年做党的地下工作。

② 旧历一九二九年六月二十八，公历是 1929 年 8 月 3 日。

何叔衡是党的一大代表，是早期的无产阶级革命家。毛泽东称赞其"叔翁办事，可当大局"。这封信应是他 1929 年在苏联莫斯科写下的家书。信中表达了他在异国他乡对家乡的牵挂，对义子做人做事提出了明确要求，约略谈了自己的人生态度。

信的大意有三层：其一，问询家乡近况，了解家人近况。他问，湖南夏秋旱灾到底情形怎样？全家大小怎样？各至戚家情形怎样？地方情形怎样？日用所需价格怎样？家中耕种畜牧情形怎样？务请你详细列表写告！连续 6 个"怎样"的发问，体现出对家乡的人和事的十分关切。其二，教育义子要用自己的努力去创造幸福。他教导义子多与亲戚邻居走谈交流，多做于人生有益的事，涉及劳力费财的事要多思考多谋划。他提出："幸福绝不是天地鬼神赐给的，病痛绝不是时运限定的，都是人自己造成的。"其三，表明自己的人生态度。他说，"我平生对于过去的失败，绝不懊悔；未来的侥幸，绝不强求；只我现在应做的事，不敢稍为放松"。既表明了走上革命道路的坚定决心，同时又说明自己将继续努力不懈、奋斗不止。信末又拉家常。阅读这封信，最大的意义就是领会其中关于通过努力创造幸福的思想认识。这封家书以坦诚朴实的形式谈出勤奋敬业的思想，真实可信，给人以持久的启迪。

　　古代圣贤说："一粥一饭当思来处不易，半丝半缕恒念物力维艰。"这是历来中国千家万户共同坚守的人生信条。关于通过努力创造幸福的看法，也符合马克思主义的价值观。马克思主义创始人说过，"劳动是人的第一需要"。自力更生、艰苦奋斗，用双手创造美好的生活，历来是中国共产党人所提倡的。"幸福绝不是天地鬼神赐给的。"当前，我们处在新时代，担负新使命，一定要坚持砥砺奋进、永远奋斗，不信邪不走捷径不搞变通，踏踏实实做好手中的工作，锐意进取、顽强拼搏，凝聚起同心共筑中国梦的磅礴力量。

阅读
感悟

希望你不要忘记母亲是为国而牺牲的

——赵一曼① 致儿子陈掖贤（1936 年 8 月 2 日）

📧 **书信原文**

宁儿②：

母亲对于你没有能尽到教育的责任，实在是遗憾的事情。

母亲因为坚决地做了反满抗日的斗争，今天已经到了牺牲的前夕了。

母亲和你在生前是永久没有再见的机会了。希望你，宁儿啊！赶快成人，来安慰你地下的母亲！我最亲爱的孩子啊！母亲不用千言万语来教育你，就用实际行动来教育你。

在你长大成人之后，希望你不要忘记你的母亲是为国而牺牲的！

一九三六年八月二日

你的母亲赵一曼于车中

⭐ **注释和品读**

① 赵一曼（1905—1936），原名李坤泰，四川宜宾人。"五四"时

期接受革命新思想。1923 年加入中国社会主义青年团。1926 年夏加入中国共产党。1927 年秋，去苏联莫斯科中山大学学习。次年回国，在宜昌、南昌和上海等地秘密开展党的工作。1931 年九一八事变爆发后，被派往东北地区发动抗日斗争。先后任满洲总工会秘书、组织部部长，中共滨江省珠河县中心县委特派员、铁北区委书记，组织青年农民反日游击队与敌人进行斗争。1935 年秋，任东北抗日联军第三军第二团政治委员。作战中，身先士卒，作战勇敢，十分关心和爱护战士，被亲切地称为"我们的女政委"。11 月间，第二团被日伪军围困于一座山间，为掩护部队突围，身负重伤。后在珠河县春秋岭附近一农民家中养伤，被日军发现，战斗中再度负伤，昏迷被俘。1936 年 8 月 2 日，在珠河被敌杀害，时年 31 岁。

② 宁儿，是赵一曼儿子陈掖贤的小名。

这是赵一曼 1936 年 8 月 2 日牺牲前写给儿子陈掖贤的信，信中充满了母亲对儿子的歉疚和期望，也表达了反满抗日至死不渝的爱国情怀。

赵一曼受过良好教育，有坚定的共产主义信念。她 1926 年 11 月进入武汉中央军事政治学校学习，1927 年 9 月去苏联莫斯科中山大学学习。回国后一直承担着繁重的革命工作。结婚生子后，为了完成党交给的任务，她无暇照顾孩子。从 1930 年起，她将才两岁的儿子陈掖贤，寄养在爱人陈达邦的大哥陈岳云家。九一八事变后，她被组织派遣到东北，同日寇和伪军作战在白山黑水之间。受伤晕倒被捕后，她受尽酷刑宁死不屈，拒不透露任何机密。临刑之前，她撰写给儿子的书信，深情表达对儿子的无限挚爱、无尽依恋，表达不能抚养儿子的深深歉疚，同时告诉儿子自己是为国牺牲的。如此视死如归的爱国志士，如此不屈不挠的共产党人，如此对儿子挚爱至深的中华儿女，为了革命事业宁可丢下至亲至爱的儿子也不向敌人屈服，带着对亲人深深的眷恋英勇就义，用生命写就了对祖国的大爱和对党的大忠！

　　董必武曾为赵一曼赋诗:"工农解放须参与,抗日矛头应在先。抗倭未胜竟成俘,不屈严刑骂寇仇。自是中华好儿女,珠河血迹史千秋。"阅读赵一曼致儿子的这封信,既要看到她对亲人的挚爱,也要铭记她对党对国的赤诚之心和献身精神。

 阅读
感悟

趁着年纪尚轻　多向自然科学学习

——毛泽东致儿子毛岸英等（1941 年 1 月 31 日）

✉ 书信原文

岸英、岸青二儿：

很早以前，接到岸英的长信，岸青的信，岸英寄来的照片本，单张相片，并且是几次的信与照片，我都未复，很对你们不起，知你们悬念。

你们长进了，很欢喜的。岸英文理通顺，字也写得不坏，有进取的志气，是很好的。惟有一事向你们建议，趁着年纪尚轻，多向自然科学学习，少谈些政治。政治是要谈的，但目前以潜心多习自然科学为宜，社会科学辅之。将来可倒置过来，以社会科学为主，自然科学为辅。总之注意科学，只有科学是真学问，将来用处无穷。人家恭维你抬举你，这有一样好处，就是鼓励你上进；但有一样坏处，就是易长自满之气，得意忘形，有不知脚踏实地、实事求是的危险。你们有你们的前程，或好或坏，决定于你们自己及你们的直接环境，我不想来干涉你们，我的意见，只当作建议，由你们自己考虑决定。总之我欢喜你们，望你们更好。

岸英要我写诗，我一点诗兴也没有，因此写不出。关于寄书，前年我托西安林伯渠老同志寄了一大堆给你们少年集团①。听说没有收到，真是可惜。现再酌检一点寄上。大批的待后。②

我的身体今年差些，自己不满意自己；读书也少，因为颇忙。你们情形如何？甚以为念。

毛泽东

一九四一年一月三十一日

⭐ 注释和品读

① 少年集团，指党组织送到苏联学习的中国少年儿童，他们当中有许多是革命烈士的子女。

② 毛泽东随信附了一张书单，共 21 种 60 册："《精忠岳传》2、《官场现形》4、《子不语正续》3、《三国志》4、《高中外国史》3、《高中本国史》2、《中国经济地理》1、《大众哲学》1、《中国历史教程》1、《兰花梦奇传》1、《峨嵋剑侠传》4、《小五义》6、《续小五义》6、《聊斋志异》4、《水浒》4、《薛刚反唐》1、《儒林外史》2、《何典》1、《清史演义》2、《洪秀全》2、《侠义江湖》6。"

这是 1941 年 1 月 31 日毛泽东写给在苏联读书的儿子毛岸英、毛岸青的家书。革命战争时期，受条件限制，毛岸英和毛岸青没能一直在毛泽东身边生活。1930 年，杨开慧被国民党杀害时，毛岸英 8 岁，毛岸青 7 岁。杨开慧牺牲后，毛泽民设法将他们安排在上海"大同幼稚园"，但很快这个幼稚园又解散了。过了几年颠沛流离、忍饥挨打的日子后，1936 年夏上海地下党组织找到流浪中的兄弟二人，设法派人将他们护送到莫斯科。1937 年 11 月，他们与父亲恢复书信联系，此后毛泽东才得以通过书信对他们进行教导。

信的开头，简单几句家常话，就充分表达了战火硝烟岁月万里之外乃父对儿子的关切。信的主体部分，对岸英、岸青学习成果作了肯定和表扬后，紧接着对他们的学习生活提出鲜明建议。一是建议他们"趁着年纪尚轻，多向自然科学学习"，以社会科学为辅，因为只有科学是真学问，将来用处无穷。二是提醒他们正确对待别人的赞扬，以免在进步之时骄傲自满。信里写得很真切，"人家恭维你抬举你，这有一样好处，就是鼓励你上进；但有一样坏处，就是易长自满之气，得意忘形，有不知脚踏实地、实事求是的危险"。三是主张他们学会自己拿主意。毛泽东设身处地地说："你们有你们的前程，或好或坏，决定于你们自己及你们的直接环境，我不想来干涉你们，我的意见，只当作建议，由你们自己考虑决定。"在这里，毛泽东将自己放在与子女平等的位置上与他们进行沟通。如此推心置腹的交流，既体现了一位父亲对子女成长的殷殷期待，又有利于孩子们学习思考，促进他们养成对自己的行为负责的良好习惯，让他们打小就明白做人要自强不息、脚踏实地的道理。信末，提供了一个书单，共 21 种 60 册。这些书偏重于中国文化，有多部文艺侠客类作品，非常适合年轻人阅读，特别有利于调动岸英、岸青的阅读兴趣，提高中国文化素养。

全文短短数百字，饱含教子之道，满载舐犊之情，既对孩子们的学习和发展提出了精辟见解，又表达了对子女的牵挂和喜爱。其中关于学习内容和学习方法的精辟分析，如今对青年人的学习成长仍然具有重要的指导意义。不论是年轻学子还是党员干部，读了这封信都能够从中获得启迪。

阅读
感悟

脑力同体力都要同时并练为好

——朱德致女儿朱敏① （1943 年 10 月 28 日）

 书信原文

朱敏女儿：

    我们身体都好。朱琦② 已在做事。高洁③ 还在科学院。兹送来今年上半年的像片两张。你在战争中应当一面服务，一面读书，脑力同体力都要同时并练为好。中日战争要比苏德战争更迟些结束。望你好好学习，将来回来作些建国事业为是。

朱 德

康克清

1943.28/10

于延安

⭐ **注释和品读**

① 朱敏，朱德的女儿，当时在苏联学习。

② 朱琦，朱德的儿子。

朱德致女儿朱敏（1943 年 10 月 28 日）—1

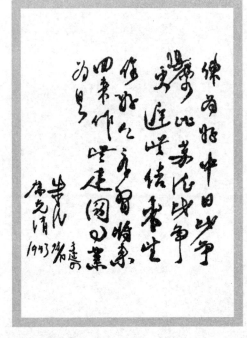

朱德致女儿朱敏（1943 年 10 月 28 日）—2

③ 高洁，指贺高洁，朱敏的表姐，当时在延安自然科学院学习。

这是朱德和妻子康克清 1943 年 10 月 28 日写给女儿朱敏的一封信。

信的开头，极其简洁地交代了家里近况。切入正题，三句话就是三重意思。一是，勉励女儿全面发展，在战争中应当一面做好服务工作一面读书，同时把脑力和体力练好。二是，为身处苏联对德作战环境的女儿分析形势，指出中日战争要比苏德战争更迟些结束。三是，要求女儿好好学习，为建设祖国做准备，将来回来为新中国效力。

这封信，话虽不多，但字字千钧。一方面体现了对女儿的严格要求；另一方面表达了对女儿回来建设新中国的厚望。我们党历来倡导，领导干部要加强对子女的教育引导，要注重言传身教。朱德总司令率先垂范，他一生勤奋学习，即使在最紧张、最艰苦的岁月里，也从不放松学习。在这封信里，他对女儿的谆谆教诲和殷殷期望，为后人教育子女树立了良好示范，为新时代家风建设留下了宝贵的教子箴言。

 阅读
感悟

鼓起你的劲儿 踏上你的长路

——叶剑英致女儿叶楚梅（1946 年 12 月 6 日）

 书信原文

亲爱的梅儿：

爸爸有你而感觉骄傲。

鼓起你的劲儿，踏上你的长路。

这不是日暮途远呀！红日恰在东升。

阳光照着艰险的途程，比起黑夜里摸索，要便宜得万万千千。

急进吧！追上那先头出发的人们。

急进吧！再追上一程。

那里有广漠无边的地盘，等待着你们去开垦。

那里有大批优良的种子，等待着你们去拿回来散布，赶上春耕。

人民要翻身了，许多人已经翻了身。

敌人着慌了，不顾一切的起来作绝望的抗衡。

这是人类历史上最热闹的场面。

急进吧！再追上一程。

我们不是速胜论者。

欢迎你们能够赶上这一场翻天覆地的斗争。

我想你们没有一个是"坐享其成"的人。

你们是铁中铮铮。

爸爸

6./XII.1946.北平

⭐ **注释和品读**

这是 1946 年 12 月 6 日叶剑英写给女儿叶楚梅的家书，以诗歌的形式鼓励她珍惜美好时光，抓紧学习、提高本领。1946 年，解放战争刚刚拉开序幕，叶剑英亲自送女儿叶楚梅到部队。不久，为给未来的新中国各项建设准备人才，组织上决定派她去苏联学习。这封信的落款日期是用罗马数字书写的，当时叶楚梅在莫斯科财经学院读书。

写这封信时，内战全面爆发刚半年，人民解放军还处在战略防御阶段，但我军胜利地挫败了国民党军队的重点进攻。叶剑英作为我军的高级将领，以坚定的政治信念和高超的军事谋略，预判了我军必然胜利的历史方向。信的开头，叶帅就用轻快的诗句表达胜利的喜悦，热情洋溢地表达我方必胜的信心，抒发人民即将翻身做主人的喜悦心情。他写道："阳光照着艰险的途程，比起黑夜里摸索，要便宜得万万千千。/ 急进吧！追上那先头出发的人们""人民要翻身了，许多人已经翻了身。"接着，他鼓励女儿在宝贵的时光里抓紧学习，说"这是人类历史上最热闹的场面"，"那里有广漠无边的地盘，等待着你们去开垦"。叶帅为女儿生逢盛世而欣慰，为下一辈能参与"这一场翻天覆地的斗争"而高兴，要求女儿勤奋学习科学文化知识，把自己锻炼成为人民需要的人才，将来为祖国建设作出自己的贡献。

叶剑英是开国元勋，多次在关键时刻挺身而出，挽救了党和国家的事业，毛泽东称他"诸葛一生唯谨慎，吕端大事不糊涂"。作为党和军队的重要领导人，叶剑英为人民的解放和建设事业付出了大量心血，还在百忙中督促教育子女，为他们指明正确的人生道路，鼓励他们好好学习、好好工作，做一个有益于人民的人。这封信格调高雅、文字精练，蕴含着丰富的人生哲理，体现了革命者的乐观主义精神和积极进取的人生态度，对教育子女树立正确的世界观、人生观、价值观很有益处。

阅读
感悟

为人民服务已成终身职业

——罗荣桓致女儿罗玉英（1949 年 12 月 7 日）

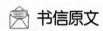 书信原文

玉英：

　　你已生育，又获一男孩，甚喜。

　　你明年可同德定、爱英①等一路来京，但你还须考虑，初次出门，作长途旅行，而带一未满周岁之婴儿，是否可行？望先征求你翁姑之意见后，才作决定。

　　你爸爸廿余年来，是在为人民服务，已成终身职业，而不会如你所想的，是在作官，更没有财可发。你爸爸的生活，除享受国家规定之待遇外，一无私有。你弟妹们的上学，是由国家直接供给，不要我负担，我亦无法负担，因此陈卓②等来此，也只能帮助其送入学校，不能对我有其他任何依靠。

　　今乘你二伯③由京返里之便，寄给一点小孩用的东西，及你用的布料、毛衣。

　　即此。祝你的健康。

罗 荣 桓
十二月七日

桂英④给我的信收到，请代转问候。

✪ 注释和品读

① 德定，指罗德定，罗荣桓的侄子；爱英，指罗爱英，罗荣桓的侄女。

② 陈卓，罗玉英的丈夫。

③ 二伯，指罗晏清，罗荣桓的哥哥。

④ 桂英，指罗桂英，罗荣桓的侄女。

这是罗荣桓1949年12月7日写给女儿罗玉英的一封信，谈了自己的政治态度和生活处境，同时劝诫女儿不要抱有搞特殊照顾的思想。

这封信言简意赅，大意有三层。一是交流女儿携带未满一岁婴儿长途跋涉赴京的可行性。二是表达自己把为人民服务作为终身职业的政治态度，同时批评女儿以为父亲做官发财的错误认识。三是明确说明不能给予女儿女婿额外照顾的思想。写这封信时，新中国刚刚成立，不少革命元勋的亲属亲戚都有到北平（北京）谋求差事、谋求照顾的想法。罗荣桓作为党的高级领导和解放军的高级将领，恪守"为人民服务，已成终身职业"的人生信条，固守住了中国共产党人的初心。他既关心关爱亲人，亲切问候，仔细商量，力所能及地寄送布料、毛衣，又坚持原则不予额外照顾。在革命胜利初期，正因为广大领导干部能够按照党中央的要求谦虚谨慎、戒骄戒躁，始终恪守救国救民、振兴中华的初心，我们党才能顺利踏上社会主义建设的新征程。

"走得再远都不能忘记来时的路"，"走得再远、走到再光辉的未来，也不能忘记走过的过去，不能忘记为什么出发"。学习罗荣桓的这封信，需要记取的，恰恰就是这种不因胜利而改变初心的高贵品质。唯有初心不改，才能胜不骄败不馁，担负起新时代赋予的新使命。

同志式的善意的批评
是对人的一种最好的帮助

——刘少奇致儿子刘允若（1956 年 1 月 21 日）

 书信原文

亲爱的允若：

你一月三日的来信收到。因为你有几个月没有来信，我对你的情况是有一些挂念的，接到你这封信，了解你的问题基本上还没有解决。

你的要求是要转学或者转系。你到底想学什么？你想干哪一行？你应当直接提出你的要求，同我讨论，同组织上讨论，而不要绕弯子，不要找什么借口（例如说，不是不愿意学下去，而是同这一班人处不好）。

关于你学什么的问题，在你出国以前，我曾经同你讨论过。我说，不管你将来干什么，我劝你学一门专业，因为学一门专业知识，对于你将来不论干什么工作都有好处，如果别的工作不能干，可以干自己的专业，而如果没有一门专业知识，则可能不论什么工作都难于干好。你现在学完（只要五年）你的专业，不独不会妨害你将来干别的工作，相反，只会有帮助。例如，孙中山原来是学医的，并不妨害他后来成为伟大的政治家；鲁迅原来也是学医的，并不妨害他后来成为伟大的文学家；毛主席原来是学教育的，并不妨害他成为我们党的领袖。其他这样的例子还很多。如果你是有创造才能的，你现在学完你的专业，难道会

177

妨害你将来去干别的什么吗？不会的，只会有帮助，不会有妨害，正如孙中山、鲁迅学医，毛主席学教育，不会妨害，只会帮助他们后来成为政治家、文学家和党的领袖一样。作为一个政治家或文学家，不只是需要一门专业知识，而且要有各方面的知识，要有创造性的天才。对于一切有天才的人，不管他学的是什么专业，谁也不会禁止他将来成为文学家、政治家，或者成为党和国家的领袖，而如果没有这样的天才，如果不能取得党和人民的拥护，那是任何人也不能强求的。你说你将来去当教员，那末，学好你的专业，不会妨害你去当教员，只会使你当一个更好的教员。

你在中学的时候，是闹过转学的，结果，你失败了，你还是回到了原来的学校。现在你又闹着转学，我看，你的理由是不充足的，你转学别的学科，不见得对你一定会有很多好处。但你还是可以直接提出你的要求，组织上当会考虑尽量满足你的要求。如果你要学文科的话，那末，就不必在苏联学习，回中国来学习会更好一些。

在你的来信中还表现了一种悲观的情绪，表现了一种错误的悲观的人生观。这是很不好的。青年人不应该有这种情绪。生一点病，是会好的，不应该影响情绪。你所表现的这种情绪，必须力求转变，必须对一切抱乐观的态度，否则，对于你是危险的。

你在国内的时候，不多谈话，暴露你的思想问题也不多，因此，我也无法在思

刘少奇致儿子刘允若（1956年1月21日）—1

刘少奇致儿子刘允若（1956 年 1 月 21 日）—2

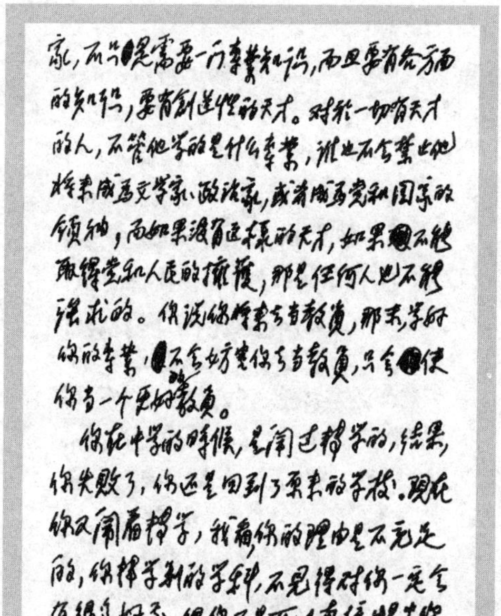

刘少奇致儿子刘允若（1956 年 1 月 21 日）—3

刘少奇致儿子刘允若（1956 年 1 月 21 日）—4

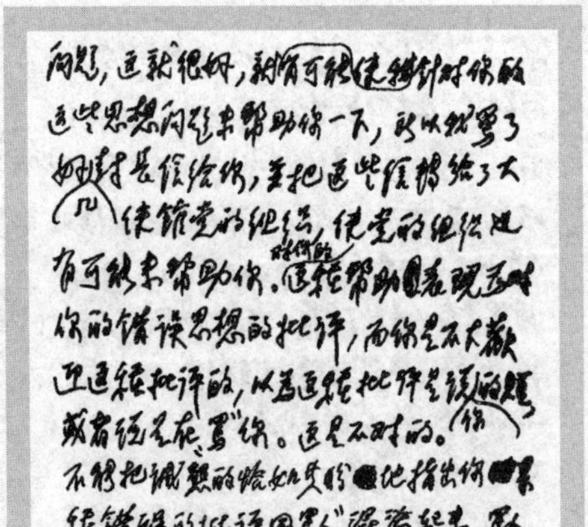

刘少奇致儿子刘允若（1956 年 1 月 21 日）—5

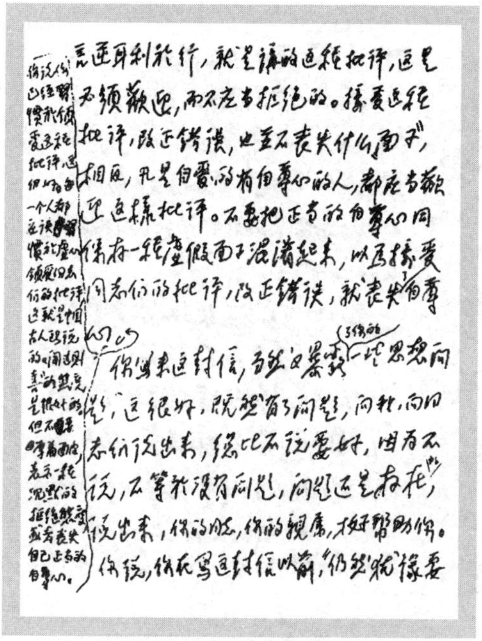

刘少奇致儿子刘允若（1956 年 1 月 21 日）—6

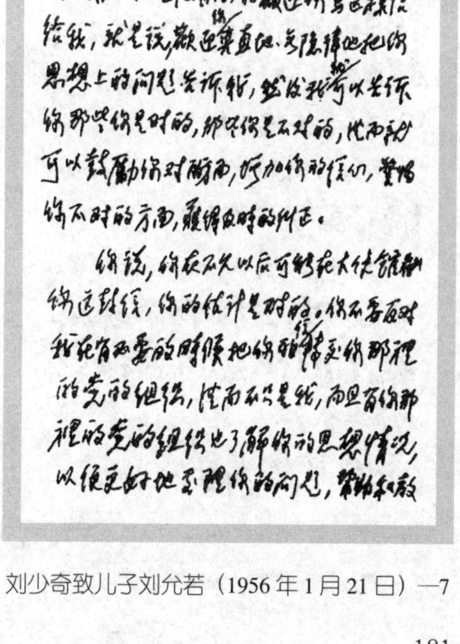

刘少奇致儿子刘允若（1956 年 1 月 21 日）—7

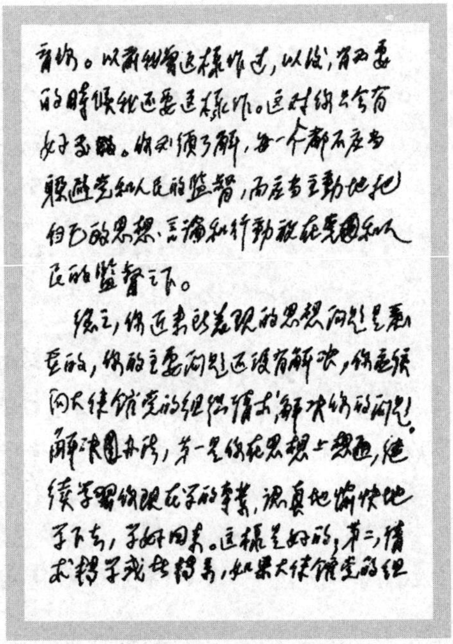

刘少奇致儿子刘允若（1956 年 1 月 21 日）—8

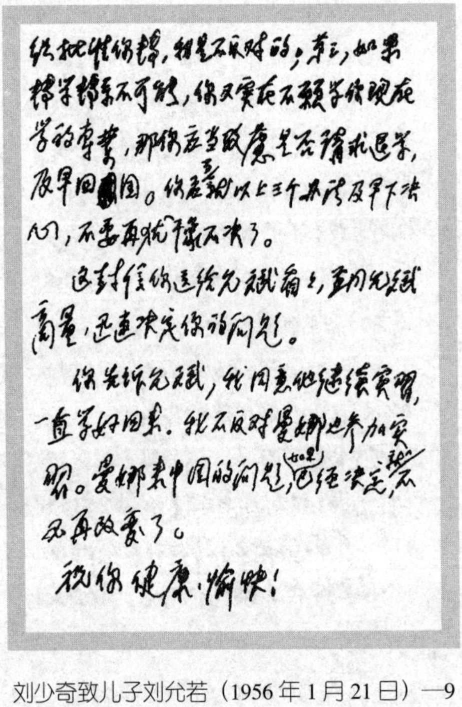

刘少奇致儿子刘允若（1956 年 1 月 21 日）—9

想上帮助你。你到苏联以后，却写了不少的信给我，因而也就暴露了你不少的思想问题，这就很好，就有可能使我针对你的这些思想问题来帮助你一下。所以我写了好几封长信给你，并把这些信转给了大使馆党的组织，使党的组织也有可能来帮助你。对你的这种帮助表现为对你的错误思想的批评，而你是不大欢迎这种批评的，以为这种批评是说你的短，或者说是在"骂"你。这是不对的。不能把诚恳地恰如其分地指出你某种错误的批评同骂人混淆起来。骂人是对人的一种恶意的攻击，也不怎样讲究实事求是，这种毛病，我倒常见你犯过。同志式的善意的批评，则是对人的一种最好的帮助。所谓良药苦口利于病，忠言逆耳利于行，就是讲的这种批评。这是必须欢迎，而不应当拒绝的。接受这种批评，改正错误，也并不丧失什么"面子"，相反，凡是自爱的有自尊心的人，都应当欢迎这样批评。不要把正当的自尊心同保存一种虚假面子混淆起来，以为接受同志们的批评，改正错误，就丧失了自尊心。你说你已经习惯于领受这种批评，这很好。每一个人都应该习惯于虚心领受同志们的批评。这就是中国古人所说的"闻过则喜"的态度，是很好的。但不要厚着面皮，表示一种沉默的拒绝态度，或者丧失自己正当的自尊心。

你写来这封信，当然又暴露了你的一些思想问题，这很好。既然有了问题，向我，向同志们说出来，总比不说要好。因为不说，不等于没有问题，问题还是存在；说出来，你的同志，你的亲属，才好帮助你。你说，你在写这封信以前，"仍然犹豫要不要写这些"，你"感到写这些没有用"。你写这些，不是没有用，而是很有用。我欢迎你写这样信给我，就是说，欢迎你爽直地、无隐讳地把你思想上的问题告诉我。然后，我就可以告诉你，哪些你是对的，哪些你是不对的，从而就可以鼓励你对的方面，增加你的信心，警惕你不对的方面，获得及时的纠正。

你说，你在不久以后可能在大使馆看到你这封信。你的估计是对的。你不要反对我在有必要的时候把你的信转交你那里的党的组织，从而不只是我，而且有你那里的党的组织也了解你的思想情况，以便更好地处理你的问题，帮助和教育你。以前我曾这样作过，以后，有必要的时候我还要这样作。这对你只会有好处的。你必须了解，每一个人都不应当躲避党和人民的监督，而应当主动地把自己的思想、言论和行动放在党和人民的监督之下。

总之，你近来所表现的思想问题是严重的，你的主要问题还没有解决，你应该向大使馆党的组织请求解决你的问题。解决办法，第一，是你在思想上想通，继续学习你现在学的专业，认真地愉快地学下去，学好回来，这样是好的；第二，请求转学或者转系，如果大使馆党的组织批准你转，我是不反对的；第三，如果转学转系不可能，你又实在不愿学你现在学的专业，那你应当考虑是否请求退学，及早回国。你应当就以上三个办法及早下决心，不要再犹豫不决了。

这封信你送给允斌①看看，并同允斌商量，迅速决定你的问题。

你告诉允斌，我同意他继续实习，一直学好回来。我不反对曼娜②也参加实习。曼娜来中国的问题，如果已经决定，就不必再改变了。

祝你健康、愉快！

刘 少 奇

⭐ **注释和品读**

① 允斌，指刘允斌，刘少奇的儿子。
② 曼娜，即玛拉·费多托娃，刘允斌的妻子。

这是 1956 年 1 月 21 日刘少奇写给儿子刘允若的长篇家书。信的主旨，是教导他安心学习一门科学知识，保持乐观的人生态度，正确对待同志们的批评，学会与人相处。

刘允若是刘少奇的次子，1949年入北平101中学，1954年毕业于北京四中。新中国成立之后，为了给百废待兴的建设事业培养高端人才，我国派出大批青年学子去苏联留学。刘允若赶上了这个大好机会，由国家选送留学，到苏联莫斯科航空学院学习飞机无线电仪表专业。1955年5、6月间，刘允若曾经给刘少奇写信，谈及和同学们相处不好而要求转系、留级等有关事宜。刘少奇曾经回信给予指导。1956年1月3日，刘允若又给刘少奇写信，仍然保持先前的看法和态度。刘少奇看完信后，非常挂念，觉得有必要与刘允若深入进行交流，指导儿子解决好学业选择和思想情绪上的问题。因而，才在万分繁忙的国事中抽空给刘允若写了这封信，与他作了推心置腹的交流。

关于转学或转系的问题。刘少奇提出，到底想学什么，应当直接提出，而不要找借口、绕弯子。他劝儿子还是学一门专业知识为好。他举例说明，认为学好专业知识，对将来不论干什么工作都有好处。学好专业后，即使不干这一行，也不会妨碍将来干别的工作。他还明确地说，如果要学文科的话，就不必在苏联学习，回中国来学习更好一些。

关于情绪的问题。刘少奇指出："在你的来信中还表现了一种悲观的情绪，表现了一种错误的悲观的人生观。这是很不好的。"他认为，悲观情绪是错误的，也是危险的，青年人不应该有这种情绪。因而，"必须力求转变，必须对一切抱乐观的态度"。

关于与同志们如何相处的问题。刘少奇分析了两种不同性质的批评，指出"骂人是对人的一种恶意的攻击，也不怎样讲究实事求是"；"同志式的善意的批评，则是对人的一种最好的帮助。所谓良药苦口利于病，忠言逆耳利于行，就是讲的这种批评"。他说，后一种批评，"这是必须欢迎，而不应当拒绝的。接受这种批评，改正错误，也并不丧失什么'面子'"。刘少奇认为，每一个人都应该习惯于虚心领受同志们的批评，这就是中国古人所说的"闻过则喜"的态度。他鼓励儿子写信爽直地、无隐讳地交流思想问题。他说，这样"我就可以告诉你，哪些你是对的，哪些你是不对的，从而就可以鼓励你对的方面，增加你的信心，警惕你不对的方面，获得及时的纠正"。

关于解决问题的建议。刘少奇提出三点看法。一是，如果想通了，就继续学习现在学的专业，认真地愉快地学下去。学好回来，这样是好的。二是，关于转学或者转系，如果大使馆党的组织批准转，他是不反对的。三是，如果转学转系都不可能，又实在不愿学现在学的专业，就应当考虑是否请求退学，及早回国。

刘少奇还明确告诉刘允若，将会把儿子的来信转交给大使馆，同时要求儿子主动请求大使馆帮助解决问题。总之，针对儿子信中暴露出来的思想问题，刘少奇进行了严厉的批评和耐心的教育，同时设身处地地进行分析，给出了非常具体的指导。

刘允若收到父亲的回信后，深受教育和启发，思想观念有了很大的变化，坚定了学习科技的信心。大使馆党组织也给予指导帮助，最终刘允若根据国防事业的需要，重新调整学习方向，改学导弹总体设计专业。后来，刘允若从苏联回国后，分配在七机部从事导弹总体设计工作，并光荣加入了中国共产党。

这是封长信，全文两千多字，但字迹工整，几处修改也都十分仔细精准。看得出，刘少奇写这封信的确下了很大功夫，对多处表述还反复作了推敲。刘少奇站在一个父亲和一个党员干部的角度对孩子进行谆谆教诲，鼓励儿子"虚心领受同志们的批评"，"警惕不对的方面，获得及时的纠正"。尤其可贵的是，行文之中自然而然地流露出共产党人高尚的道德情操，表达了对儿子将来学好知识报效祖国、为建设社会主义作出贡献的殷切期望。即使放在今天，不论是对指导年轻人的专业选择、职业选择，还是对教育年轻党员干部正确对待批评和自我批评、正确处理人际关系，这封信仍然大有裨益。

阅读
感悟

同群众看齐同吃同卧同劳动

——朱德致儿子朱琦（1965 年 4 月 9 日）

朱奇①：

你的来信收到。你这次蹲点的经验，是正确的，作为改变你的思想和工作方法有很大益处。你过去的思想是封建和资本主义的思想交叉的，总是想向上超，越走越不通，屡说也不改。这是你混过了你的宝贵时间。现在去蹲点，同群众看齐同吃同卧同劳动，深入了群众中去，就真正会了解社会主义如何建设，如何完成，就会想出很多办法，同群众一起创造出许多新的办法，推向前进。你们铁道部门是接管的企业，过去的旧框框没有打烂，又学苏联的新框框，就是迷失社会主义创造性的一条。现在在毛主席的辩证唯物主义的指导下，敢于创造出社会主义新类型，来改正铁道交通的新方法，是成功的。三结合②的方法，主要的还是群众。社会主义教育

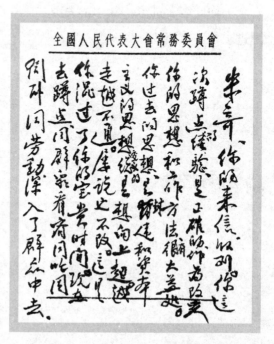

朱德致儿子朱琦（1965 年 4 月 9 日）—1

187

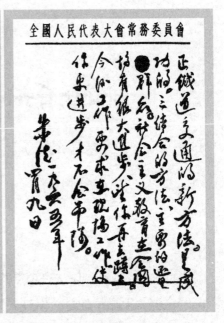

朱德致儿子朱琦（1965年4月9日）—2　　　朱德致儿子朱琦（1965年4月9日）—3

在全国均有很大进步，望你再去蹲点。今后工作要求在现场工作，使你
更进步才不会掉队。

朱　德
一九六五年四月九日

⭐ 注释和品读

① 朱奇，即朱琦。

② 三结合，指在企业管理和科学技术工作中实行的干部、工人、
技术人员三结合。

这是1965年4月朱德写给儿子朱琦的家书。当时，朱琦在石家庄

铁路机务段工作，到北京郊区铁路系统机车车辆厂蹲点，写了一份调查报告。朱德给儿子的这封回信，主要是交流对这次蹲点调研的看法。开篇，朱德表扬儿子经过蹲点改变了思想认识，认为这有很大的益处。接着，谈了蹲点的积极意义。他认为，"现在去蹲点，同群众看齐同吃同卧同劳动，深入了群众中去，就真正会了解社会主义如何建设，如何完成，就会想出很多办法，同群众一起创造出许多新的办法，推向前进。"最后，朱德鼓励儿子深入学习运用辩证唯物主义，希望他再去蹲点，继续到现场开展工作以获得新的进步。朱德作为党和国家的领导人，具有爱党爱国的政治觉悟和大公无私的高风亮节，不仅对自己要求很严，对家人亲人要求也很严。他历来要求孩子们自力更生、艰苦奋斗，靠自己的才能和实干为国家作出贡献，不准有特殊思想。他特别强调，要把子女后辈培养成合格的接班人，而绝不允许自己的子女后辈利用自己的地位和声望享受特权。因为在他看来，干部子女有了特殊化的思想，就是变质的开始。朱德写给朱琦的这封信，秉承了他一贯的优良作风，对儿子该肯定的肯定、该批评的批评，毫不拐弯抹角、拖泥带水。这封信文字朴素、文风朴实，通篇贯彻了马克思主义的群众观，体现了老一辈无产阶级革命家的实干意识和务实精神。

 阅读
感悟

我万分欢喜　你要学习和看书了

——陈云致女儿陈伟华（1970 年 12 月 14 日）

📩 **书信原文**

南南① ：

　　十二月八日信今天收到。我万分欢喜（不是十分、百分、千分而是万分），你要学习和看书了。咱家五个孩子中数你单纯幼稚。你虽然已开始工作，但还年轻，坚持下去，可以学到一些东西的，不过每天时间有限，要像你哥哥一样，每天挤时间学。

　　哲学是马列主义根本中的根本。这门科学是观察问题的观点（唯物论）和观察解决问题的办法（辩证法），随时随处都用得到，四卷毛选的文章，都贯彻着唯物论辩证法。

　　但是，学习马列主义、增加革命知识，不能单靠几篇哲学著作。我今天下午收到你信后想了一下，我认为你应该这样学。

　　1. 订一份《参考消息》（现在中央规定中学教员个人都能订）。这可以知道世界大势（元元② 连看了十年了），不知道世界革命的大事件，无法增加革命知识的（订一份《参考消息》，每月只花五角钱，你应该单独订一份，免得被人拿走）。

　　2. 每天看报。最好《人民日报》，如果只有《北京日报》也可以。报纸上可以看出中央的政策（一个时期的重点重复报道，即是党中央的政策)。

只有既看日报,又看《参考消息》,才能知道国内国外的大势。这是政治上进步的必要基础。

3. 找一本《中国近代史》看看(从鸦片战争到解放)。可能作者有某些观点是错误的,但可以看看近一百卅年的历史,没有历史知识就连毛选也看不懂。这种书家内客厅书柜中可能有。不要去看范文澜的古代史,这对你目前没有必要。

4. 找一本世界革命史看看。可能这本书很难找,我也没有看见过这样一本书。如果找不到这本书,那就看:(一)《马克思传》(很难看懂,因有许多人名、事件你都不知道的)。但可看一个概略。这本书现在我处,北京可能买到。曹津生有这本书(我要阿伟③看,她看不懂放下未看)。(二)《恩格斯传》,这本书也在我处。北京可能买到,这本书容易看些。元元在十年前进北京医院割扁桃腺时就看了《马克思传》。(三)《列宁传》,这有两厚册,非卖品,我也带来江西,以后回京时你再看。

5. 马克思、恩格斯、列宁的著作很多,但我看来,只要十本到十五本就可以了。(一)《共产党宣言》是必须看的。(二)《社会主义从空想到科学的发展》。(三)《资本论》你看不懂,先找一本《政治经济学》,其中已把《资本论》的要点记出来了(这本书客厅书柜中可能有)。《共产党宣言》(在马克思全集第四卷),《社会主义从空想到科学的发展》(马恩全集廿一卷)。马恩列斯的全集,我去年离京时要津生为我买了一套共 182 元,可能全在阿伟房内或你楼上房内。

我上面说的书,再加上每天《参考消息》和《北京日报》或《人民日报》,是够你看的了。

其他等我回北京时再谈。看来人大不是四月开就是七月开,我明年六月底一定回北京。

现在每星期下厂三四次,搞四好总评,但再去几次后,就不能下厂了,只能在家里(有暖气,已烧了)看书了。

我身体很好。其他人也很好。勿念。

爸爸

七 . 十二 . 十四日写，明日进城拉水时投邮

⭐ 注释和品读

① 南南，指陈伟华，陈云的二女儿。

② 元元，指陈元，陈云的大儿子。

③ 阿伟，指陈伟力，陈云的大女儿。

这是 1970 年 12 月 14 日陈云写给二女儿陈伟华的家书，指导她如何读书学习，还开列了适合她学习的报刊和书单。此前，陈伟华从北京给远在南昌下放的父亲写信，汇报了自己的学习愿望。陈云读完女儿的来信后，非常欣喜地给女儿回信，对她的学习看书给予了条清理晰的指导。

信的开头，陈云毫不掩饰地表达喜悦心情，直言看到女儿要学习和看书，"我万分欢喜（不是十分、百分、千分而是万分）"。进而，陈云一步步指导女儿开展学习。首先，谈了马克思主义哲学的重要性，提议女儿学习唯物论和辩证法。其次，指导女儿订阅《参考消息》《人民日报》或《北京日报》，提到看《参考消息》有利于"知道世界大势"，看《人民日报》有利于学习掌握党中央的政策。而且，"只有既看日报，又看《参考消息》，才能知道国内国外的大势。这是政治上进步的必要基础。"再次，推介女儿阅读历史著作。他主张女儿找《中国近代史》看看，再找一本世界革命史看看。指出，如果世界革命史不好找，就看《马克思传》《恩格斯传》《列宁传》。最后，推介女儿阅读马列主义经典著作。他提议，只要十本到十五本就可以，重点读《共产党宣言》《社会主义

从空想到科学的发展》《政治经济学》。行文之间，陈云每推介书目，就同时十分具体地讲明这些书摆放的地方。鉴于《马克思恩格斯全集》卷帙浩繁，陈云对马克思、恩格斯的那几篇著作，则十分准精地指明各自处于《马克思恩格斯全集》所在的卷本，以方便女儿查阅。

　　陈云出身贫寒，只读过小学，但他在革命生涯中博览群书、勤学强记，终于具备了高超的思想理论水平和政策文字水平。他反复阅读马列主义经典著作和毛泽东的主要著作，对其中的重要篇目如数家珍。这封信从一个侧面反映了陈云读书的广度和深度，展示了陈云作为党和国家杰出领导人非凡的阅读能力和精湛的理论水平。同时，也很好地体现了陈云对子女教育的高度重视，字字句句尽显乃父对女儿极尽细致的关切，以及对女儿抓紧读书的殷殷期待。读书和学习，不仅要有干劲，还要"对路"。读书要"对路"，就是既要选择适合自己读的书，还要坚持循序渐进的方法。陈云给二女儿的这封信，恰恰就是提出了读报读书的要求，又精准指出该订的报、该看的书，还讲清了逐级进阶的读书路径。在指导青年党员干部加强学习上，这是难得的读书指南，值得隆重推介。

阅读
感悟

延伸阅读

革命者必先顾虑国家前途
而后及于自己

——蒋先云[①] 敬告本团官佐（1927 年 5 月 7 日）

 书信原文

亲爱的革命的官长同志们：

相处将及一月了，在这短时期中，虽然没有经过十分严重的枪林弹雨的战况，而餐风宿露的辛苦，总算是尝试过了。我很能从你们的辛苦中深认和敬佩你们的精神，然我对于革命同志的素习，是历来不愿意互相标榜我们的强处，只是严格地批评其弱点。因为革命者只有自己从精神上去表示努力，从工作成绩上去自慰，用不着空受他人所谓的嘉奖。只有严格的批评，方可弥补自己的弱点，训练和增进我们实际作事的能力。因此我对于本团亲爱而革命的同志，只能沿其旧习，不客气地要求及评责，我相信本团官长同志最少也能知道我是革命的。我希望进一步认识我的革命性，尤希望各同志时时接受我立在革命观点上的评责。

尽管自称革命是不够的。革命者是必要从工作上去表示他的努力，尤其是困苦艰难之中，枪林弹雨之下，更要能表示他能坚忍牺牲的精神。否则决不是一个真实的革命者。本团是脱胎于旧军队，我未始不知道诸同志的困苦艰难，可是我同时相信诸同志是忠勇于革命的青年。青年的革命者，只可缺少作事的经验，绝不应当缺少作事的精神，去训练

我们作事的能力，增进我们作事的经验。人们不是生来即是能作事的，生来即不怕死的，任他什么事体，最初必免不了许多的困难，令人难干，令人胆怯，但是有了大无畏的精神，决没有打不破的困难和艰险。作事是学会的，孩子是吓大的，诸同志在最近的工作中，是不是有了这种感觉？

自信是勇敢的最能牺牲的还不够，必要具有临事不惧而沉着的修养。天下没有大不了的事，经过多了自可以习以为常。遇事先要沉着。能沉着才能确实去观察，观察确实才能有确定的判断，判断正确才能有坚决的决心，决心坚决则胆自壮，气自豪，什么也不怕。要知道部属是以上官为依靠的，上官心怯，部属则不战心寒。治军首重胆大心细，但必先胆大，而后能心细，胆怯没有不心慌的，心慌则什么也谈不上，只忙于生命一件，这才真所谓天下无事，庸人自扰！

亲爱的革命的官长同志们！我们是知道革命理论的，我们是受过革命的训练的，我们不努力，不奋斗，不牺牲，不沉着，部下没有训练的士兵，又将怎样？善于带兵，决不专靠军纪来管束士兵，决不专靠几元饷洋来縻系士兵，更不能专以空头话来鼓舞士兵，必要以革命的精神去影响士兵。平时官长能努力，士兵没有不服从的；战时官长靠身先士卒，士兵决没有怕死的。我前已说过，只要"舍得干"，天下没有干不了的事！

革命者必先能顾虑国家的前途，而后及于自己。我们要自信为革命者，能容得我们怕困苦怕危险吗？本团第十连连长董振南、参谋邓敦厚（前第四连连长）畏死潜逃，此类假革命者，当不足以言国家，然其于自身前途何？他们即幸而有命，还能再做人吗？虽生犹死，何以生为！

亲爱的革命的官长同志们，"岁寒，然后知松柏之后凋也"。天下无难事，只要舍得干，望诸同志振作起来！共相奋勉！

团长　蒋先云

五月七日

⭐ 注释和品读

① 蒋先云（1902—1927），字湘耘，别号巫山，湖南新田县人。1919 年参加五四运动，1921 年经毛泽东介绍加入中国共产党。1922 年与李立三、刘少奇等领导安源工人大罢工。1924 年入黄埔军校第一期学习，毕业后留校任政治部秘书，是黄埔军校青年军人联合会主要负责人之一。1925 年 10 月在第二次东征中任东征军第七团党代表。"中山舰事件"后，退出国民党。北伐战争开始后，任国民革命军总司令部秘书。四一二反革命政变发生后，前往武汉号召黄埔同学反蒋，任湖北省总工会工人纠察队队长，国民革命军第十一军二十六师七十七团团长兼党代表等职。1927 年 5 月 28 日，率部在河南与奉军作战，在攻打临颍城的战斗中英勇牺牲，时年 25 岁。

这是 1927 年 5 月 7 日蒋先云率团出征讨伐奉军前写给本团官佐的公开信，也是一篇慷慨激昂的作战动员令。

蒋先云是中国共产党早期的优秀党员和革命烈士。在黄埔军校期间，刻苦学习革命理论，钻研古今兵法，从入学到毕业所有科目成绩均位列榜首。在黄埔军校一期学员中，蒋先云以威名赫赫、战功卓越著称，曾是红透了黄埔的高才生。他曾与陈赓、贺衷寒并称"黄埔三杰"，在当时人才济济的黄埔军校中领尽风骚，一度被誉为"黄埔第一人"。深怀政治野心的蒋介石企图拉拢蒋先云，使其成为他政治道路上的一颗棋子。但是，蒋先云面对种种诱惑，始终坚持革命立场，彰显了共产党人的革命本色。1927 年四一二反革命政变后，蒋介石纠集反动势力于 4 月 18 日定都南京，在广州的国民政府则迁至武汉，与蒋介石对立并挥师北上，讨伐直奉军阀。蒋先云前往武汉号召黄埔同学反蒋，任湖北省总工会工人纠察队队长，又被武汉国民政府任命为第十一军二十六师七十七团团长兼党代表。5月7日出征这天,蒋先云发出了这封敬告本团官佐的公开信,慷慨陈词,阐述一个革命军人必须具备的政治素质、军事能力和牺牲精神。

信中,他要求,官长要沉着冷静进行正确的观察判断。"判断正确才能有坚决的决心,决心坚决则胆自壮,气自豪,什么也不怕。要知道部属是以上官为依靠的,上官心怯,部属则不战心寒。"他指出,"战时官长靠身先士卒,士兵决没有怕死的",只要"舍得干",天下没有干不了的事!他呼吁,革命者必先能顾虑国家的前途而后及于自己,要求大家不怕困苦不怕危险,把革命事业放在个人生死之上。

5月28日,蒋先云率部在河南临颍与奉系军伐激战时,"临阵负伤,三仆三起,仍追敌不稍退",最终被弹片击中,壮烈牺牲。在蒋先云牺牲精神的鼓舞下,七十七团官兵前仆后继,猛烈冲锋,首先攻入临颍城,北伐军最终取得了这场战斗的胜利。蒋先云以实际行动兑现了"身先士卒"的诺言,用自己的生命践行了"革命者必先能顾虑国家的前途,而后及于自己"的壮志豪情。他坚定的政治信仰和喋血沙场的英雄事迹,必将激励一代代共产党人弘扬大无畏的革命精神,在中华民族伟大复兴的新征程上奋勇前进。

阅读
感悟

为了全国人民的自由和解放

——周文雍① 法庭上的对白（1928年）

书信原文

敌法官问："你是不是共产党员？"

周文雍："是！"

敌法官："你为什么要参加共产党！"

周文雍："为了全国人民的自由和解放。"

敌法官："哪些人是共产党，从实招来！"

周文雍："全国的工农都是，你去抓吧！共产党是杀不完的。"

注释和品读

① 周文雍（1905—1928），广东开平人。曾任广州工人代表大会特别委员会主席，中共广州市委组织部部长、工委书记，广州工人赤卫总队总指挥，广州苏维埃政府人民劳动委员，中共广东省委工人部部长，是广东早期革命斗争主要领导人。1925年加入中国共产党。在省港大罢工期间，被派到广州沙面洋务工会参加领导工作。1927年，与张太雷、叶挺等人共同领导广州起义，后受上级委派，与陈铁军假扮夫妻，

到广州重建党的机关和组织。由于叛徒出卖，他们同时被捕。1928年2月6日，周文雍与在革命斗争中建立起深厚情感的陈铁军，在广州红花岗刑场举行了悲壮的婚礼并从容就义，时年23岁。

这篇短文是1928年周文雍烈士在法庭上与反动法官进行的对白。广州起义失败后，1928年1月，为了在广州重建党的机关和组织，受上级委派，周文雍与陈铁军假扮夫妻到广州做地下工作。陈铁军，原名陈燮军，广东佛山人，生于1904年3月，1922年春考入广州坤维女子中学初中部，1924年秋考入广东大学文学院预科。求学期间，为追求进步，铁心跟共产党走，她将原名燮军改为铁军。1926年4月，陈铁军加入中国共产党。1928年1月27日，由于叛徒出卖，周文雍与陈铁军同时被敌人逮捕。在狱中，他们备受酷刑，坚贞不屈。当时，敌人见威逼利诱和严刑拷打都不起作用，决定开庭判决。周文雍则决定利用法庭这个讲坛与敌人作最后的斗争，宣传革命真理。

在法庭上，面对敌法官的问询，周文雍对答如流，慷慨陈词。他不仅直接亮出自己的共产党员身份，而且斩钉截铁地声明，加入共产党，就是"为了全国人民的自由和解放"。面对"哪些人是共产党"的质问，他豪气干云，大声宣布："全国的工农都是，你去抓吧！共产党是杀不完的。"庭审后，即将就义时，周文雍在监狱墙壁上题写了一首《绝笔诗》："头可断，肢可折，革命精神不可灭。壮士头颅为党落，好汉身躯为群裂。"在共同进行革命斗争的过程中，周文雍和陈铁军产生了爱情。但为了革命事业，他们将爱情一直埋藏在心底。在生命的最后时刻，他们决定将埋藏在心底的爱情公布于众，在敌人的刑场上举行革命者的婚礼。1928年2月6日，周文雍与陈铁军一起，在广州红花岗刑场举行了悲壮的婚礼。在敌人开枪之前，面对大批围观的百姓，陈铁军大声呼喊道："就让国民党刽子手的枪声，作为我们结婚的礼炮吧！"此时，周文雍仅23岁，陈铁军24岁。

周文雍和陈铁军这对英雄的革命夫妻，为了推翻反动统治，"为了全国人民的自由和解放",宁可"壮士头颅为党落,好汉身躯为群裂"。这是何等坚定的革命信仰、何等大无畏的献身精神,直教天地为之动容、江山为之变色。让我们永远铭记革命烈士的英名,牢记初心使命,战胜一切艰难险阻,勇敢地把革命前辈开创的事业继续推向前进。

阅读
感悟

每一个同志就义时都没有任何一点惧怕

——裘古怀① 致中国共产党和全体同志（1930 年 8 月 27 日）

📩 书信原文

伟大的中国共产党和全体亲爱的同志们！当我在写这封信的时候，国民党匪徒正在秘密疯狂地屠杀着我们的同志，被判重刑的或无期徒刑的同志，差不多全被迫害了！几分钟以后，我也会遭到同样的被迫害的命运。②

伟大的党！亲爱的同志们！我非常感激你们。由于党给我的教育，使我认识了这社会的黑暗，使我认识了革命，使我成为一个有生命的人。现在在这最后的一刹那，我向伟大的党和你们致以最崇高的敬礼！

我愿意我为真理而死！遗憾的是自己过去的工作做得太少，想补救已经来不及了。在监狱里，看到每一个同志在就义时都没有任何一点惧怕，他们差不多都是像去完成工作一样跨出牢笼的，他们没有玷辱过我们伟大的、光荣的党。现在我还未死，我要说出我心中最后的几句话，这就是希望党要百倍地扩大工农红军；血的经验证明，没有强大的武装，要想革命成功，实在是不可能的，同志们，壮大我们的革命武装力量争取胜利吧！胜利的时候，请你们不要忘记我们！

裘 古 怀

八月二十七日

⭐ 注释和品读

① 裘古怀 (1905—1930)，又名古槐，字述卿，化名周乃秋，浙江奉化人。1920 年考入位于宁波的浙江省立第四师范学校，1923 年加入中国国民党。1924 年加入中国共产党。1925 年"五卅惨案"后，参加查禁日货、英货，支援上海工人的反帝斗争。同年 11 月赴广州，考入黄埔军校第四期政治科。次年 7 月受派到国民革命军第四军叶挺独立团，从事宣传工作。后参加北伐，作战勇敢，攻克武昌后，任宣传大队长。1927 年 3 月，任叶挺领导的第十一军二十四师政治部宣传科长。1927 年 8 月，参加八一南昌起义，因负伤回宁波隐蔽养伤。次年 1 月去杭州从事秘密斗争，2 月任共青团萧山县委书记，4 月任中共浙西特委委员，5 月任特委常委，8 月组织兰溪秋收暴动，任共青团省委常委，后任代理书记。1929 年 1 月被捕，关押于浙江陆军监狱。1930 年 3 月，狱中建立中共特别支部，当选为宣传委员，与难友一起坚持狱中斗争。同年 8 月 27 日在杭州英勇就义，年仅 25 岁。

②1930 年 8 月，国民党对全国革命形势的不断发展无比恐惧。工农红军攻打长沙后，国民党疯狂地进行报复。密令各地监狱，将县、地区以上共产党员斩尽杀绝。浙江陆军监狱当局也下了毒手，决定枪杀徐英、裘古怀、罗学瓒、李临光等一批共产党人。8 月 27 日清早，裘古怀眼看着被判重刑的难友被杀害了，自己也将遭到同样的命运，就赶紧伏在地上写了两封遗书。一封给伟大的党，一封写给自己的妻子。

裘古怀写给伟大的党和全体同志的这封信，是英勇就义前的绝笔，全文慷慨悲歌、豪气干云。该信是在极短时间内草就的，行文真挚激昂，没有一丝多余的雕饰，没有一点外在的矫揉，真情地表露了自己对党的无比忠诚和对同志的高度热爱。这封情感炽烈的书信，从深情呼唤党组织和全体同志开篇，准确记述了这个时刻"国民党匪徒正在秘密疯狂地屠杀着我们的同志"的事实。同时交代了自己几分钟后也将遭到被迫害致死的命运。临终，他抓住这宝贵的几分钟向党组织致敬，感谢党组织和同志们的教育。他说："由于党给我的教育，使我认识了这社会的黑暗，使我认识了革命，使我成为一个有生命的人。现在在这最后的一刹那，我向伟大的党和你们致以最崇高的敬礼！"信中，扼要而又深情地记述了一起就义的同志从容赴死的高大形象。他说："在监狱里，看到每一个同志在就义时都没有任何一点惧怕，他们差不多都是像去完成工作一样跨出牢笼的，他们没有玷辱过我们伟大的、光荣的党。"他动情地倡议党百倍地扩大工农红军，通过壮大革命武装力量争取胜利。"为有牺牲多壮志，敢教日月换新天。"为了实现崇高的革命理想，裘古怀用生命成就了信仰，简短的信文承载着沉重的政治追求，他对组织的忠诚和对同志的热爱，为广大党员干部树立了永不褪色的光辉榜样。

阅读
感悟

可爱的中国（节选）

——方志敏① 致亲爱的朋友们（1935 年 5 月 2 日）

✉ 书信原文

亲爱的朋友们：

我终于被俘入狱了。

关于我被俘入狱的情形，你们在报纸上可以看到，知道大概，我不必说了。我在被俘以后，经过绳子的绑缚，经过钉上粗重的脚镣，经过无数次的拍照，经过装甲车的押解，经过几次群众会上活的示众，以至关入笼子里，这些都像放映电影一般，一幕一幕地过去了！我不愿再去回忆那些过去的事情，回忆，只能增加我不堪的羞愧和苦恼！我也不愿将我在狱中的生活告诉你们。朋友，无论谁入了狱，都得感到愁苦和屈辱，我当然更甚，所以不能告诉你们一点什么好的新闻。我今天想告诉你们的却是另外一个比较紧要的问题，即是关于爱护中国，拯救中国的问题，你们或者高兴听一听我讲这个问题罢。

……

朋友！中国是生育我们的母亲。你们觉得这位母亲可爱吗？我想你们是和我一样的见解，都觉得这位母亲是蛮可爱蛮可爱的。以言气候，中国处于温带，不十分热，也不十分冷，好像我们母亲的体温，不高不低，最适宜于孩儿们的偎依。以言国土，中国土地广大，纵横万数千

207

方志敏致亲爱的朋友们（1935年5月2日）—1

方志敏致亲爱的朋友们（1935年5月2日）—2

方志敏致亲爱的朋友们（1935 年 5 月 2 日）—3

方志敏致亲爱的朋友们（1935 年 5 月 2 日）—4

里，好像我们的母亲是一个身体魁大、胸宽背阔的妇人，不像日本姑娘那样苗条瘦小。中国许多有名的崇山大岭，长江巨河，以及大小湖泊，岂不象征着我们母亲丰满坚实的肥肤上之健美的肉纹和肉窝？中国土地的生产力是无限的；地底蕴藏着未开发的宝藏也是无限的；废置而未曾利用起来的天然力，更是无限的，这又岂不象征着我们的母亲，保有着无穷的乳汁，无穷的力量，以养育她四万万的孩儿？我想世界上再没有比她养得更多的孩子的母亲吧。至于说于中国天然风景的美丽，我可以说，不但是雄巍的峨眉，妩媚的西湖，幽雅的雁荡，与夫"秀丽甲天下"的桂林山水，可以傲睨一世，令人称羡；其实中国是无地不美，到处皆景，自城市以至乡村，一山一水，一丘一壑，只要稍加修饰和培植，都可以成流连难舍的胜景；这好像我们的母亲，她是一个天姿玉质的美人，她的身体的每一部分，都有令人爱慕之美。中国海岸线之长而且弯曲，照现代艺术家说来，这象征我们母亲富有曲线美吧。咳！母亲！美丽的母亲，可爱的母亲，只因你受着人家的压榨和剥削，弄成贫穷已极；不但不能买一件新的好看的衣服，把你自己装饰起来；甚至不能买块香皂将你全身洗擦洗擦，以致现出怪难看的一种憔悴褴褛和污秽不洁的形容来！啊！我们的母亲太可怜了，一个天生的丽人，现在却变成叫花的婆子！站在欧洲、美洲各位华贵的太太面前，固然是深愧不如，就是站在那日本小姑娘面前，也自惭形秽得很呢！

听着！朋友！母亲躲到一边去哭泣了，哭得伤心得很呀！她似乎在骂着："难道我四万万的孩子，都是白生了吗？难道他们真像着了魔的狮子，一天到晚地睡着不醒吗？难道他们不知道自己伟大的团结力量，去与残害母亲、剥削母亲的敌人斗争吗？难道他们不想将母亲从敌人手里救出来，把母亲也装饰起来，成为世界上一个最出色、最美丽、最令人尊敬的母亲吗？"朋友，听到没有母亲哀痛的哭吗？是的，是的，母亲骂得对，十分对！我们不能怪母亲好哭，只怪得我们之中出了败类，自己压制自己，眼睁睁地望着我们这位挺慈祥美丽的母亲，受着许多无谓的屈辱和残暴的蹂躏！这真是我们做孩子们的不是了，简直连一位母亲都爱护不住了！

朋友，看呀！看呀！那名叫"帝国主义"的恶魔的面貌是多么难看呀！

在中国许多神怪小说上，也寻不出一个妖精鬼怪的面貌，会有这些恶魔那样的狞恶可怕！满脸满身都是毛，好像他们并不是人，而是人类中会吃人的猩猩！他们的血口，张开起来，好似无底的深洞，几千几万几千万的人类，都会被它吞下去！他们的牙齿，尤其是那伸出口外的獠牙，十分锐利，发出可怕的白光！他们的手，不，不是手呀，而是僵硬硬的铁爪！那么难看的恶魔，那么狞狞可怕的恶魔！一、二、三、四、五，朋友，五个可怕的恶魔，正在包围着我们的母亲呀！朋友，看呀，看到了没有？呸！那些恶魔将母亲搂住呢！用他们的血口，去亲她的嘴，她的脸，用他们的铁爪，去抓破她的乳头，她的可爱的肥肤！呀，看呀！那个戴着粉白的假面具的恶魔，在做什么？他弯身伏在母亲的胸前，用一支锐利的金管子，刺进，呀！刺进母亲的心口，他的血口，套到这金管子上，拼命地吸母亲的血液！母亲多么痛呵，痛得嘴唇都成白色了。噫，其他的恶魔也照样做吗？看！他们都拿出各种金的、铁的或橡皮的管子，套住在母亲身上被他们铁爪抓破流血的地方，都拼命吸起血液来了！母亲，你有多少血液，不要一下子就被他们吸干了吗？

……

朋友，你们以为我在说梦呓吗？不是的，不是的，我在呼喊着大家去救母亲呵！再迟些时候，她就要死去了。

朋友，从崩溃毁灭中，救出中国来，从帝国主义恶魔生吞活剥下，救出我们垂死的母亲来，这是刻不容缓的了。但是，到底怎样去救呢？是不是由我们同胞中，选出几个最会做文章的人，写上一篇十分娓娓动听的文告或书信，去劝告那些恶魔停止侵略呢？还是挑选几个最会演说、最长于外交辞令的人，去向他们游说，说动他们的良心，自动地放下屠刀不再宰割中国呢？抑或挑选一些顶善哭泣的人，组成哭泣团，到他们面前去，长跪不起，哭个七日七夜，哭动他们的慈心，从中国撒手回去呢？再或者……我想不讲了，这些都不会丝毫有效的。哀求帝国主义不侵略和灭亡中国，那岂不等于哀求老虎不吃肉？那是再可笑也没有了。我想，欲求中国民族的独立解放，决不是哀告、跪求哭泣所能济事，而是唤起全国民众起来斗争，都手执武器，去与帝国主义进行神圣的民族革命战争，将他们打出中国去，这才是中国唯一的出路，也是我们救母亲的唯一方法，朋友，你们说对不对呢？

……

朋友，虽然在我们之中，有汉奸，有傀儡，有卖国贼，他们认仇作父，为虎作伥；但他们那班可耻的人，终竟是少数，他们已经受到国人的抨击和唾弃，而渐趋于可鄙的结局。大多数的中国人，有良心有民族热情的中国人，仍然是热心爱护自己的国家的。现在不是有成千成万的人在那里决死战斗吗？他们决不让中国被帝国主义所灭亡，决不让自己和子孙们做亡国奴。朋友，我相信中国民族必能从战斗中获救，这岂是我们的自欺自誉吗？

不错，目前的中国，固然是江山破碎，国弊民穷，但谁能断言，中国没有一个光明的前途呢？不，决不会的，我们相信，中国一定有个可赞美的光明前途。中国民族在很早以前，就造起了一座万里长城和开凿了几千里的运河，这就证明中国民族伟大无比的创造力！中国在战斗之中一旦斩去了帝国主义的锁链，肃清自己阵线内的汉奸卖国贼，得到了自由与解放，这种创造力，将会无限地发挥出来。到那时，中国的面貌将会被我们改造一新。所有贫穷和灾荒，混乱和仇杀，饥饿和寒冷，疾病和瘟疫，迷信和愚昧，以及那慢性的杀灭中国民族的鸦片毒物，这些等等都是帝国主义带给我们可憎的赠品，将来也要随着帝国主义的赶走而离去中国了。朋友，我相信，到那时，到处都是活跃跃的创造，到处都是日新月异的进步，欢歌将代替了悲叹，笑脸将代替了哭脸，富裕将代替了贫穷，康健将代替了疾苦，智慧将代替了愚昧，友爱将代替了仇杀，生之快乐将代替了死之悲哀，明媚的花园，将代替了凄凉的荒地！这时，我们民族就可以无愧色的立在人类的面前，而生育我们的母亲，也会最美丽地装饰起来，与世界上各位母亲平等的携手了。

这么光荣的一天，决不在辽远的将来，而在很近的将来，我们可以这样相信的，朋友！

朋友，我的话说得太啰唆厌听了吧！好，我只说下面几句了。我老实地告诉你们，我爱护中国之热诚，还是如小学生时代一样的真诚无伪；我要打倒帝国主义为中国民族解放之心还是火一般的炽烈。不过，现在我是一个待决之囚呀！我没有机会为中国民族尽力了，我今日写这封信，是我为民族热情所感，用文字来作一次为垂危的中国的呼喊，虽然我的呼喊，声音十分微弱，有如一只将死之鸟的哀鸣。

啊！我虽然不能实际地为中国奋斗，为中国民族奋斗，但我的心总是日夜祷祝着中国民族在帝国主义羁绊之下解放出来之早日成功！假如我还能生存，那我生存一天就要为中国呼喊一天；假如我不能生存——死了，我流血的地方，或者我瘗骨的地方，或许会长出一朵可爱的花来，这朵花你们就看作是我的精诚的寄托吧！在微风的吹拂中，如果那朵花是上下点头，那就可视为我对于为中国民族解放奋斗的爱国志士们在致以热诚的敬礼；如果那朵花是左右摇摆，那就可视为我在提劲儿唱着革命之歌，鼓励战士们前进啦！

亲爱的朋友们，不要悲观，不要畏馁，要奋斗！要持久地艰苦地奋斗！要各人所有智慧才能，都提供于民族的拯救吧！无论如何，我们决不能让伟大的可爱的中国，灭亡于帝国主义的肮脏的手里！

你们挚诚的祥松②

五月二日写于囚室

⭐ **注释和品读**

① 方志敏（1899—1935），江西弋阳人，中国共产党早期领导人之

一，土地革命战争时期赣东北与闽浙赣革命根据地和红十军的创建人。1919 年在家乡参加五四运动，1922 年参加社会主义青年团，1923 年加入中国共产党。曾任赣东北（后改为闽浙赣）省苏维埃政府主席、中共闽浙赣省委书记、中国工农红军第十军政委、第十军团军政委员会主席等职，中共六届中央委员、中华苏维埃共和国中央临时政府委员会主席团委员。1934 年，率抗日先遣队北上抗日。1935 年 1 月，被国民党军以 7 倍优势兵力包围，部队受到严重损失。因饱受饥寒和身心煎熬晕倒在怀玉山陇首村高竹山一棵大树底下，由于叛徒出卖，不幸被国民党军独立四十三旅的部队逮捕。在狱中，受尽酷刑，写下了《可爱的中国》《清贫》等文章。《可爱的中国》曾由鲁迅先生代为保存，新中国成立后公开发表。牺牲前 1 个多月，即 6 月 11 日上午，他深情地给党中央写了一封信，报告狱中情况和向党表明斗争到底的决心。1935 年 8 月 6 日，在江西南昌下沙窝英勇就义，时年 36 岁。

　　② 祥松，即方志敏。

　　这是方志敏在狱中写下的几篇重要文稿之一。根据方志敏给党中央的信介绍，按本意这是一部小说，写作目的是敷衍敌人，从而延缓死刑的执行以谋越狱。从不同部分看，其体裁既是一部小说，其中虚构了不少故事情节；又是一篇散文，深情地讴歌了可爱的中国；还是一封致亲爱的朋友们的信，意在唤起同胞们起来捍卫祖国。当时，方志敏在狱中遭受敌人的百般诱降和严刑拷打，但他不屈不挠、大义凛然，以大无畏的革命精神，深情倾诉了对伟大祖国的无比热爱和对党的事业的无限忠诚。选自《可爱的中国——方志敏狱中手稿》，江西省方志敏研究会编，人民出版社、江西教育出版社赠阅版。

　　总的来看，这是一篇感天动地的雄文，主要意思有三方面：

　　其一，以亲身经历概括了中国从五四运动到第二次国内革命战争以来的悲惨历史，愤怒地控诉了帝国主义肆意欺侮中国人民的种种罪行。他满怀爱国主义激情，象征性地把祖国比喻为"生育我们的母亲"，"她是一个天姿玉质的美人，她的身体的每一部分，都有令人爱慕之美。"可是，美丽健壮而可爱的母亲，却正受着"屈辱和残暴的蹂躏"，强盗、恶魔残害她，掠夺她，肢解她的身体，吮吸她的血液，汉奸军阀帮助恶魔杀害自己的母亲。他高声疾呼，"母亲快要死去了"，"救救母亲呀！"

其二，指出挽救祖国的"唯一出路"就是进行武装斗争，论证"中国是有自救的力量的"，坚信中华民族必能从战斗中获救。他认为："欲求中国民族的独立解放，决不是哀告、跪求哭泣所能济事，而是唤起全国民众起来斗争，都手执武器，去与帝国主义进行神圣的民族革命战争，将他们打出中国去，这才是中国唯一的出路。"他说，虽然在我们之中，有汉奸，有傀儡，有卖国贼，他们认仇作父，为虎作伥；但他们那班可耻的人，终竟是少数，他们已经受到国人的抨击和唾弃，而渐趋于可鄙的结局。"大多数的中国人，有良心有民族热情的中国人，仍然是热心爱护自己的国家的。"

其三，展示了中国革命的光明前景，描绘出革命成功后祖国未来的美好幸福的景象，表现了强烈的民族自信。他坚信，到那时，到处都是活跃跃的创造，到处都是日新月异的进步，欢歌将代替悲叹，笑脸将代替哭脸，富裕将代替贫穷，康健将代替疾苦，智慧将代替愚昧，友爱将代替仇杀，生之快乐将代替死之悲哀，明媚的花园将代替凄凉的荒地！他呼吁，无论如何，决不能让伟大的可爱的中国，灭亡于帝国主义的肮脏的手里！为拯救民族，每个人都要贡献所有的智慧才能。

《可爱的中国》是一篇极富感染力的爱国主义悲歌。它曾经是我国中小学语文课本的必读篇目，哺育一代代中国青少年健康成长。该文的思想和方志敏的革命历程，多次被拍成电影电视节目，成为经典的爱国主义教育片。最近几年，深受观众喜爱的大型视频节目《品读》，由名家朗读方志敏的这篇作品，得到广泛好评，并在视频网站上广为流传。

方志敏的这封信，全篇情真意切，充满了对祖国的炽烈的热爱和深情的讴歌。全文不管哪一处，写的都是对祖国的关心和热爱。一个狱中将死之人，他没有抱怨祖国的弱小，没有流露不满的情绪，没有痛楚的怨艾。临刑了，他没有丝毫怯懦，没有丝毫犹豫，却慷慨歌咏壮丽的祖国，深情号召同胞们起来保卫祖国母亲。他凭着坚定的信念和远大的理想，带着对祖国美好未来的无限憧憬，从容赴死。80多年过去了，我们伟大的祖国已经前所未有地走近世界舞台的中心，前所未有地接近实现中华民族伟大复兴的梦想。方志敏所憧憬的可爱的中国之壮美景象，已经展现在世人面前：我们的民族已经无愧色地站立在人类面前，而生育我们的祖国母亲也已经最美丽地装饰起来，与世界上各位母亲平等携手了。今天，在新时代阔步向前，让我们不忘初心、牢记使命、永远奋斗，凝聚起十四亿多人民的磅礴之力，继续建设好"伟大的可爱的中国"，这就是对革命先烈最好的纪念。

阅读
感悟

清贫（节选）

——方志敏狱中随笔（1935 年 5 月 26 日）

 书信原文

　　我从事革命斗争，已经十余年了。在这长期的奋斗中，我一向是过着朴素的生活，从没有奢侈过。经手的款项，总在数百万元；但为革命而筹集的金钱，是一点一滴的用之于革命事业。这在国方的伟人们看来，颇似奇迹，或认为夸张；而矜持不苟，舍己为公，却是每个共产党员具备的美德。所以，如果有人问我身边有没有一些积蓄，那我可以告诉你一桩趣事：

　　就在我被俘的那一天——一个最不幸的日子，有两个国方兵士，在树林中发现了我，而且猜到我是什么人的时候，他们满肚子热望在我身上搜出一千或八百大洋，或者搜出一些金镯金戒指一类的东西，发个意外之财。哪知道从我上身摸到下身，从袄领捏到袜底，除了一只时表和一支自来水笔之外，一个铜板都没有搜出。他们于是激怒起来了，猜疑我是把钱藏在哪里，不肯拿出来。他们之中有一个，左手拿着一个木柄榴弹，右手拉出榴弹中的引线，双脚拉开一步，作出要抛掷的姿势，用凶恶的眼光盯住我，威吓地吼道：

　　"赶快将钱拿出来，不然就是一炸弹，把你炸死去！"

　　"哼！你不要作出那难看的样子来吧！我确实一个铜板都没有存；

想从我这里发洋财，是想错了。"我微笑淡淡地说。

"你骗谁！像你当大官的人会没有钱！"拿榴弹的兵士坚不相信。

"决不会没有钱的，一定是藏在哪里，我是老出门的，骗不得我。"另一个兵士一面说，一面弓着背重来一次将我的衣角裤裆过细地捏，总企望着有新的发现。

"你们要相信我的话，不要瞎忙吧！我不比你们国民党当官，个个都有钱，我今天确实是一个铜板也没有，我们革命不是为着发财啦！"我再向他们解释。

等他们确知在我身上搜不出什么的时候，也就停手不搜了；又在我藏躲地方的周围，低头注目搜寻了一番，也毫无所得，他们是多么的失望呵！那个持弹欲放的兵士，也将拉着的引线，仍旧塞进榴弹的木柄里，转过来来抢夺我的表和水笔。后彼此说定表和笔卖出钱来平分，才算无话。他们用怀疑而又惊异的目光，对我自上而下地望了几遍，就同声命令地说："走吧！"

是不是还要问问我家里有没有一些财产？请等一下，让我想一想，啊，记起来了，有的有的，但不算多。去年暑天我穿的几套旧的汗褂裤，与几双缝上底的线袜，已交给我的妻放在深山坞里保藏着——怕国军进攻时，被人抢了去，准备今年暑天拿出来再穿；那些就算是我唯一的财产了。但我说出那几件"传世宝"来，岂不要叫那些富翁们齿冷三天?！

清贫，洁白朴素的生活，正是我们革命者能够战胜许多困难的地方！

一九三五年五月二十六日写于囚室

⭐ 注释和品读

《清贫》是方志敏于 1935 年 5 月 26 日在狱中写下的随笔，收入统编语文教材五年级下册，是一篇震撼心灵的不朽篇章。1935年1月，中国工农红军北上抗日先遣队在怀玉山被敌人包围，方志敏不幸被捕后，匪兵认为像方志敏这样的"大官"肯定带着很多钱。于是，他们将方志敏浑身上下搜查了一遍，又从衣领到袜底仔细搜查了一遍，还仔细捏衣角裤裆。结果，除了一支笔、一只怀表、一颗私章之外，连一枚铜板也没有找到。在狱中，方志敏同敌人进行了不屈不挠的斗争，撰写了《可爱的中国》《清贫》《狱中自述》和《在狱致全体同志书》等优秀作品。

《清贫》一文，对敌人从头到脚反复搜身这件事作了白描，用对比的手法，精心描绘国民党士兵贪婪无耻的灵魂和丑态，从而反衬出无产阶级革命家与这些丑类截然不同的崇高品质。二者两相对照，使丑的更丑，美的更美。这篇文章不过几百字，但字字千钧，语言朴实无华，表现了深刻的思想内容和高超的写作水平。第一部分，写自己尽管经手数百万元，但一向过着朴素的生活，从没有奢侈过，"为革命而筹集的金钱，是一点一滴的用之于革命事业"。第二部分，运用旁描侧写的方法，写两个事例，详细记叙被捕当天，敌人在他的身上一个铜板都没有搜出的事实。先写国民党士兵想从方志敏身上发大财的"热望"，再写他们全神贯注搜身的丑态，接着写他们下作的恫吓，最后写他们以恐怖手段相威胁的凶相。第三部分，用诗一般的语言，热情讴歌革命者"清贫"的崇高品德。这篇文章的主题是表现无产阶级革命家身居要职一身清白的崇高风范，但作者没有从正面落笔，而是巧妙地从侧面进行描写。通过对比，在国民党士兵丑恶形象的映衬下，无产阶级革命家的光辉形象就显得更加崇高可敬。在遭受严刑拷打即将英勇就义的时刻，方志敏用忠诚书写革命者的伟大信仰。他既深情歌咏"可爱的中国"，又生动表达革命者廉洁清贫的人格境界，写下了著名的"金句"："清贫，洁白朴素的生活，正是我们革命者能够战胜许多困难的地方！"

习近平总书记曾经深情地说："我多次读方志敏烈士在狱中写下的《清贫》。那里面表达了老一辈共产党人的爱和憎，回答了什么是真正的穷和富，什么是人生最大的快乐，什么是革命者的伟大信仰，人到底怎样活着才有价值，每次读都受到启示、受到教育、受到鼓舞。"今天，方志敏写下的这篇《清贫》，正是新时代共产党人传承红色基因、汲取精神养分、涵养浩然正气的生动教材。

 阅读
感悟

你是我二十年前的先生
现在仍然是我的先生

——毛泽东致徐特立（1937 年 1 月 30 日）

 书信原文

徐老同志：

　　你是我二十年前的先生①，你现在仍然是我的先生，你将来必定还是我的先生。当革命失败的时候，许多共产党员离开了共产党，有的甚至跑到敌人那边去了，你却在一九二七年秋天加入共产党，而且取的态度是十分积极的。从那时至今长期的艰苦斗争中，你比许多青年壮年党员还要积极，还要不怕困难，还要虚心学习新的东西。什么"老"，什么"身体精神不行"，什么"困难障碍"，在你面前都降服了。而在有些人面前呢？却做了畏葸不前的借口。你是懂得很多而时刻以为不足，而在有些人本来只有"半桶水"，却偏要"淌得很"，你是心里想的就是口里说的与手里做的，而在有些人他们心之某一角落，却不免藏着一些腌腌臜臜的东西。你是任何时候都是同群众在一块的，而在有些人却似乎以脱离群众为快乐。你是处处表现自己就是服从党的与革命的纪律之模范，而在有些人却似乎认为纪律只是束缚人家的，自己并不包括在内，你是革命第一，工作第一，他人第一，而在有些人却是出风头第一，休息第一，与自己第一。你总是拣难事做，从来也不躲避责任，而在有些人则只愿意拣轻松事做，遇到担当责任的关头就躲避了。所有这些方面我都是佩服你的，愿意继续地学习你的，也愿意全党同志学习你。当你六十岁生日的时候写这封信祝贺你，愿你健康，愿你长寿，愿你成为一切革命党人与全体人民的模范。此致
革命的敬礼！

毛 泽 东

一九三七年一月三十日于延安

✪ 注释和品读

①1913 年至 1919 年，徐特立在湖南省第一师范学校任教期间，毛泽东曾在那里求学。

这是 1937 年 1 月 30 日毛泽东在延安窑洞里写给徐特立的 60 岁生日贺信，当时徐特立在陕北保安。选自《毛泽东书信选集》，中央文献出版社 2003 年 11 月出版。

党中央和毛泽东给徐特立祝寿，这在我们党的历史上是一个特别的安排。中国共产党自 1921 年成立以来，始终不主张在党内为个人搞祝寿活动。毛泽东等党和国家领导人在世时以身作则，多年如一，坚持不为自己做寿。但是，也有例外，革命战争时期，我们党就先后为徐特立举行过两次公开的祝寿活动。一次是，1937 年 1 月当中国工农红军经过二万五千里长征到达陕北之后，此时徐特立年届六十。另一次是，1947 年 2 月 1 日，全国范围的解放战争已经打响，胡宗南的部队正在向延安步步进逼，此时徐特立年届七十。当然，毛泽东提议破例给徐特立老人祝寿，并非出于他和徐特立的师生情谊。1937 年 1 月为徐特立安排的这次祝寿活动，具有特殊意义。鉴于徐特立自 1927 年参加革命，

特别是他以 57 岁高龄参加长征，以超人毅力克服难以想象的千难万险，胜利到达陕北的壮举，他本人已成为红军队伍中让人振奋与感动的楷模。此刻，为徐特立祝寿特别有助于鼓舞红军指战员的士气。

这封信的起笔，非同凡响。毛泽东写道："你是我二十年前的先生，你现在仍然是我的先生，你将来必定还是我的先生。"当时，毛泽东已经是全党全军的领袖，在党内享有很高的威望。如此称呼徐特立，既说明了徐老在党内的元老地位，也说明了徐老的品格得到了党内的高度尊重，更说明了毛泽东的虚怀若谷。紧接着，毛泽东从 8 个层次，用正反对比的手法，充分肯定了徐特立的工作特色、革命意志和高尚品格。一是，1927 年大革命失败，许多共产党员临阵退缩甚至投敌，而徐特立却在这个时刻毅然入党。二是，有些人畏葸不前，而徐特立却比许多青壮年党员还要积极肯干。三是，有些人本来只有"半桶水"却偏要"淌得很"，而徐特立却是懂得很多却时刻以为不足。四是，有些人心中不免藏着一些腌腌臜臜的东西，而徐特立却心里想的就是口里说的与手里做的。五是，有些人似乎以脱离群众为快乐，而徐特立却任何时候都同群众在一块。六是，有些人似乎认为纪律只是束缚人家的，自己并不包括在内，而徐特立却处处表现出自己就是服从党的与革命的纪律之模范。七是，有些人是出风头第一，休息第一，与自己第一，而徐特立却是革命第一，工作第一，他人第一。八是，有些人只愿意拣轻松事做，遇到担当责任的关头就躲避，而徐特立却总是拣难事做，从来也不躲避责任。毛泽东说："所有这些方面我都是佩服你的，愿意继续地学习你的，也愿意全党同志学习你。"信末，毛泽东向徐特立致了诚挚的生日祝贺，祝愿徐特立成为一切革命党人与全体人民的模范。

如此尊崇的致敬，如此高度的赞誉，来自毛泽东给青年时代的恩师、此时仍战斗在革命第一线的党内元老徐特立的生日贺信，读来让人神往不已。徐特立出生在一个贫寒的农家，青年时代就向往进步，景仰孙中山，曾经参加过辛亥革命。在长沙第一师范执教期间，他最得意的学生便是风华正茂的毛泽东。徐特立身上尤为可贵的是，在 42 岁时克服了一般中年人常有的人生消极态度，毅然远赴重洋前往法国勤工俭学。1927 年，他又以知天命之年在白色恐怖中毅然加入了中国共产党。红军开始长征时，他又以 57 岁高龄义无反顾地向渺无人烟的雪山草地进发，成为红军队伍中年龄最大的长征老兵。终其一生，徐特立为党的事业兢兢业业，生命不止、奋斗不息。透过这封信，我们看到的不仅是毛泽东作为党的领袖对老师的深情和爱戴，不仅是对党内元老的高度尊崇，更是对革命同志的热爱和对革命事业的珍重。

阅读
感悟

艰巨的岗位有你担负
千千万万的人心都向往着你

——周恩来致郭沫若（1946 年 12 月 31 日）

 书信原文

沫若兄：

别两月了，相隔日远。国内外形势正向孤立那反动独裁者的途程中进展，明年将是这一斗争艰巨而又转变的一年。只要我们敢于面对困难，坚持人民路线，我们必能克服困难，走向胜利。孤立那反动独裁者，需要里应外合的斗争，你正站在里应那一面，需要民主爱国阵线的建立和扩大，你正站在阵线的前头。艰巨的岗位有你担负，千千万万的人心都向往着你。我们这一面，再有一年半载，你可以看到量变质的跃进。那时，我们或者又携手并进，或者就演那里应外合的雄壮史剧。除在报纸外，你有什么新的诗文著作发表？有便，带我一些，盼甚盼甚。

匆匆。顺祝

新年双好，阖家健康！

周 恩 来

十二月三十一日 延安

超托致意。

⭐ 注释和品读

　　这是 1946 年年终周恩来致郭沫若的书信，当时国内局势非常复杂，我们党和人民军队面临巨大的挑战。军事上，1946 年 6 月 26 日，国民党以 30 万军队围攻中原解放区，向解放区发动了全面进攻，全面内战正式爆发。国民党依靠优势兵力对共产党解放区展开了全面进攻，但被解放军挫败。1946 年 6 月至 1947 年 6 月，解放军处于战略防御阶段，战争主要在解放区进行。政治上，1946 年年底，国民党纠集中国民主社会党、中国青年党召开所谓的制宪国民大会，制定"中华民国宪法"，并选举民国总统。我们党和民盟等民主党派强烈反对和抵制，国共关系全面破裂。在 1946 年前后，周恩来与郭沫若有多封通信，信中简短言语，对这一时期的诸多重大历史事件多有涉及。这封写于 1947 年元旦前一日的书信，思想激昂乐观，内容简约明确而又十分重要，情感交流真挚，非常耐读。该信选自《周恩来书信选集》，中央文献出版社 1988 年 1 月出版。

　　信的大意有三层。一是交流对时局的看法，坚定必胜的信心。周恩来指出："国内外形势正向孤立那反动独裁者的途程中进展，明年将是这一斗争艰巨而又转变的一年。只要我们敢于面对困难，坚持人民路线，我们必能克服困难，走向胜利。"二是提议扩大爱国战线，请郭沫若发挥民主爱国阵线的领头作用。他说，合作孤立反动独裁者，需要里应外合的斗争，郭沫若正站在"里应"那一面。他认为，需要建立和扩大民主爱国阵线，郭沫若正站在爱国阵线的前头。他诚挚地提出："艰巨的岗位有你担负，千千万万的人心都向往着你。"希望郭沫若更好地发挥民主爱国阵线领军人物的作用。三是展望即将到来的胜利。周恩来认为，再有一年半载，就可以看到由量变促成质变的跃进。他展望："那时，我们或者又携手并进，或者就演那里应外合的雄壮史剧。"信末，周恩来表达了阅读郭沫若新作的热切盼望。实际上，这封迎新年、话时局的书信，恰恰是邀请郭沫若发挥领导作用，发展壮大民主爱国阵线的重大部署。虽是个人信函的往来，实则是党中央部署在国统区掀起一波又一波文化战线斗争浪潮的号角。

在中央文献出版社出版的《周恩来书信选集》300 封信中，致郭沫若的信就有 15 封，占据极大篇幅，足见周恩来和郭沫若之间深厚的友谊和深入的交流。两人之间的真诚交往、亲切倾心的私谊与爱党爱国的大义在信中都展露无遗，很好地展现了周恩来和郭沫若两人的性情和胸襟。阅读这封信，最大的收获是，领会周恩来对建立和壮大民主爱国战线的精心部署，领会周恩来对郭沫若发挥民主爱国阵线领导作用的诚挚邀请。革命事业的成功来之不易，每条战线的壮大都需要用心用情用力，每个领域的胜利都来自于精心地部署、稳健地推进。新时代要有新气象新作为，就要团结一切可以团结的力量，动员一切可以动员的资源。

阅读
感悟

我以毕生至诚敬谨请求入党

——续范亭① 致毛泽东和中共中央（1947 年 9 月）

 书信原文

敬爱的毛主席和中共中央：

范亭自辛亥以来，即摸索为民族和人民解放的真理，奋勇前行，在几经波折之后，终于认清了只有中国共产党领导的革命道路，才是中华民族和中国人民彻底解放的道路。七七抗战之后，即欣然接受领导，参加晋西北抗日民主根据地的抗战建设工作，想从此更好为人民服务，以偿平生夙愿。孰料范亭方奋力以赴之时，竟以身染重病，去延休养。在延数年，蒙党百般爱护，尤觉欣幸者，得以时常聆听毛主席和中共中央的教导，范亭奋斗一生，始于今日目睹解放区广大人民的真正翻身，真正看见了新中国的光明前途，每自不禁感奋，热泪夺眶而出。屡欲请求入党，做一名革命军的马前卒，以终余年，但以久病床褥，迄未提出。现范亭已病入膏肓，恨不能亲睹卖国贼蒋介石集团之行将受审，美帝国主义之滚蛋，与全中国人民之彻底解放，是为憾耳。范亭数年来愧无贡献，然追求真理之志未尝一日或懈也。在此弥留之际，我以毕生至诚敬谨请求入党，请中共中央严格审查我的一生历史，是否合格，如承追认入党，实平生之大愿也，专此谨致布尔塞维克的敬礼！

续范亭

⭐ 注释和品读

① 续范亭（1893—1947），山西崞县人，著名抗日爱国将领。早年参加孙中山领导的同盟会，后即献身于民族解放和民主革命事业。1924年后，续范亭曾任国民革命军第三军第二混成支队参谋长、第六混成旅旅长、甘肃绥靖公署参谋长等职。曾经隐退一段时间。1935年，他不忍目睹国家民族陷于危亡，赴南京呼吁团结抗日，在中山陵前剖腹明志，震动全国。自杀遇救后，开始探求马列主义真理，了解共产党。1939年秋，阎锡山部署反共战争，续范亭冒着生命危险，机智地离开会场，飞骑去八路军三五八旅旅部告急，并率部与我军一起，粉碎阎军的进攻。1940年，任晋绥边区行署主任，兼晋绥军区副司令员，与贺龙、关向应并肩战斗，建立抗日根据地，开展抗日游击战争。1941年3月离开兴县赴延安治病。1947年9月12日，病逝于山西临县都督村，享年54岁。临终前，给毛主席和党中央写了一封遗书，提出正式加入中国共产党的请求。1947年9月13日，续范亭被追认为中国共产党正式党员。毛泽东获悉续范亭病逝的噩耗，派专人渡过黄河送了花圈和挽联。

这封信是续范亭写给毛泽东和党中央的遗书。信的内容简洁明了，大意有三层：一是扼要回顾思想转变过程。简短几句话，就明确交代了自己从跟随参加辛亥革命转而信奉共产主义的过程。他从认识到只有中国共产党领导的革命道路才是中华民族和中国人民彻底解放的道路，进而又亲身参加晋西北抗日民主根据地的抗战建设工作。在延安数年，则亲眼看到解放区广大人民的真正翻身，看见了新中国的光明前途。二是说明为什么之前没有提出入党申请。他说："屡欲请求入党，做一名革命军的马前卒，以终余年，但以久病床褥，迄未提出。"三是明确提出入党申请。他说："在此弥留之际，我以毕生至诚敬谨请求入党，请中共中央严格审查我的一生历史，是否合格，如承追认入党，实平生之大愿也。"续范亭的一生跟随时代潮流奋勇前进，他由信奉爱国主义进而追求共产主义，从旧式军人进而转变成为共产主义的革命斗士。他是由旧式军人不断进取转变为坚强革命斗士的典型，具有较好的示范引领作用。他最可贵的品格，是能随着时代的进步，不断更新观念，从而能跳出晋绥和西北旧军人的圈子，在历史重要关头不惜与坚持反动立场的老友交火开战，走上了正确的革命道路。续范亭在去世之前写这封信，临终仍然执着追求入党，以不能亲睹全中国人民之彻底解放为憾，真诚地请党中央严格审查他一生的历史，表明了对共产主义的坚定信仰和对党组织的忠诚。他坚决与旧观念、旧势力决裂并作出正确抉择，一旦树立了共产主义信仰，就赤胆忠心地为之奋斗终生，这是续范亭留下的宝贵精神财富。

阅读
感悟

全国革命胜利在即　建设大计　亟待商筹

——毛泽东致宋庆龄（1949年6月19日）

 书信原文

庆龄先生：

重庆违教，忽近四年。仰望之诚，与日俱积。兹者全国革命胜利在即，建设大计，亟待商筹，特派邓颖超①同志趋前致候，专诚欢迎先生北上。敬希命驾莅平，以便就近请教，至祈勿却为盼！专此。敬颂大安！

毛　泽　东

一九四九年六月十九日

✪ 注释和品读

① 邓颖超，时任中共中央候补委员、中华全国妇女联合会副主席。

这是毛泽东亲笔写给宋庆龄的书信。原文和图片均选自《毛泽东书信选集》，中央文献出版社 2003 年 11 月出版。人民网、中国共产党新闻网曾经专门介绍了这封信。

这封信全文只有109字，却堪称古今中外政界书信往来之绝唱。通过这封信，毛泽东既简约明晰地表达了邀请宋庆龄赴北平共商大计之意，又以最高的规格表达了对宋庆龄的敬重和仰望。可以说，其简约，以至于每个字都得到精确驾驭；其准确，以至于每个词都精准达意；其恭敬，以至于每句话都饱含浓重的敬意。宋庆龄见信后，非常感动，欣然同意参加中国人民政治协商会议。随后，宋庆龄在第一届政协全体会议上当选为中央人民政府副主席。从此，在新中国成立后的数十年里，她一如既往，为中国的社会主义革命和建设事业作出了卓越的贡献。

该信的写作堪称完美。此时，毛泽东对文字的驾驭和运用，已达炉火纯青的境界。信的内容一看即明，在此诚不必赘述。仅从三个方面表达品读此信的体会：

第一，满载对宋庆龄的崇敬。"先生""教""仰望""亟待商筹""趋前致候""敬希命驾莅平""请教""至祈勿却为盼"，每个字每个词每句话，都饱含写信人对收信人的敬意。如此表达，宋庆龄读后不仅能体会到其中的尊崇，也能感受到毛泽东至高的政治素质、道德涵养和文字素养。还有，毛泽东有高深的书法功底，但由于公务繁忙他写的信经常有勾勾画画的地方。但是，这一封信则是极其用心地书写或誊写而成的，连一个错字、一个墨点都没有，是一幅"毛体书法"精品。这封亲笔信本身是思想创作和艺术创造的统一体，这也体现了毛泽东对宋庆龄的格外尊重。

第二，专门特派邓颖超同志"趋前致候""专诚欢迎"，既符合礼仪，又体现出十分的恭敬。据人民文学出版社出版的《宋庆龄往事》介绍，在毛泽东撰写该信的隔日，周恩来就邀请宋庆龄北上也撰写了一封信（见"延伸阅读"），毛泽东还专门在周恩来的这封信上改了一个字：把"略陈"改为"谨陈"。就这一处修改，尽显毛泽东对宋庆龄的尊敬。

第三，虽不着一字却蕴含了对新中国未来的高度负责。信中，没有专门词语展示胜利在即的喜悦，也没有专门语句展望美好的未来。但

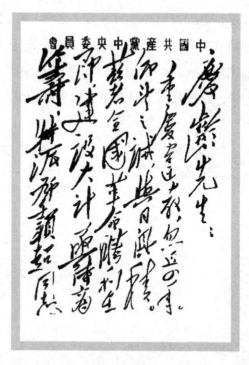

毛泽东致宋庆龄（1949 年 6 月 19 日）—1

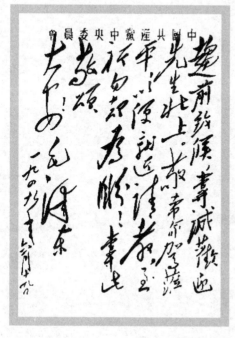

毛泽东致宋庆龄（1949 年 6 月 19 日）—2

是，今天我们却能够从行文之间，在读出其对宋庆龄的诚恳邀约和十分敬意的同时，理解到毛泽东对于向宋庆龄"请教""建设大计"的高度重视。而这，恰恰流露了建设新中国的伟大抱负、高度负责和美好憧憬。这也是建设社会主义新中国的美好初心的一种展现。

阅读
感悟

新中国建设有待于先生指教者正多

——周恩来致宋庆龄（1949年6月21日）

📩 **书信原文**

庆龄先生：

　　沪滨告别，瞬近三年。每当蒋贼肆虐之际，辄以先生安全为念。今幸解放迅速，先生从此永脱险境，诚人民之大喜，私心亦为之大慰。现全国胜利在即，新中国建设有待于先生指教者正多。敢藉颖超专诚迎迓之便，谨（略）陈渴望先生北上之情。敬希早日命驾，实为至幸。

　　专上。敬颂

大安！

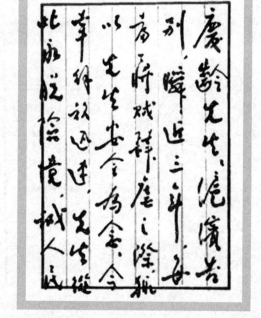

周恩来致宋庆龄（1949年6月21日）—1

周恩来

一九四九·六·廿一

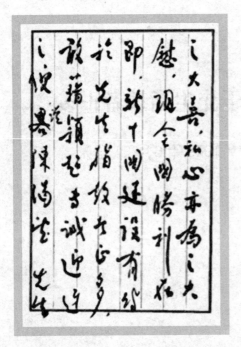

周恩来致宋庆龄（1949年6月21日）—2

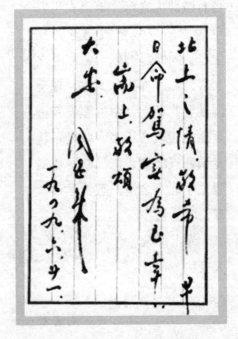

周恩来致宋庆龄（1949年6月21日）—3

⭐ 注释和品读

　　这是 1949 年 6 月 21 日周恩来写给宋庆龄的书信。图片来自人民网、中国共产党新闻网。该信恰好是在上文毛泽东写给宋庆龄那封信的隔日写下的，内容也是力邀宋庆龄北上共商建国大计。如同毛泽东写给宋庆龄的信那般，这封信也十分简短，仅有 145 字，但言简意赅、极尽尊重诚敬。原文简明扼要，意思清楚明白，不需再作解读。值得反复说明的是，该信写好后，周恩来将稿件报送给毛泽东。毛泽东看过之后，亲笔在稿件上改了一个字：把"略陈渴望先生北上之情"的"略"字改成了"谨"字。原来是毛泽东认为"略陈"不够恭敬，便动笔将其改成"谨陈"。周恩来完全赞成这种修改，同时为了表示对毛泽东的尊重，就这样将信原样送出。这一个字的修改，意味深长，既从侧面生动说明了毛泽东、周恩来两人对宋庆龄持有的完全一致的敬重，也反映了他们对于建设新中国的高度负责和美好期待。

阅读
感悟

我的"自白书"

——陈然① 狱中写诗明志（1949 年）

✉ **书信原文**

任脚下响着沉重的铁镣，
任你把皮鞭举得高高，
我不需要什么"自白"，
哪怕胸口对着带血的刺刀！

人，不能低下高贵的头，
只有怕死鬼才乞求"自由"；
毒刑拷打算得了什么？
死亡也无法叫我开口！

对着死亡我放声大笑，
魔鬼的宫殿在笑声中动摇；
这就是我——一个共产党员的"自白"，
高唱凯歌埋葬蒋家王朝。

⭐ 注释和品读

① 陈然（1923—1949），河北香河人。1938 年，在鄂西投身抗日救亡运动并参加中国共产党领导的"抗战剧团"。1939 年 3 月加入中国共产党。1947 年年初，在中共南方局文委的领导和支持下，在重庆参与筹办《彷徨》杂志，引导青年走与工农相结合的革命道路。1947 年 7 月，先任《挺进报》特支组织委员，后任书记，负责报纸油印工作。1948 年 4 月 22 日，由于叛徒出卖，陈然被国民党特务逮捕。在狱中，他把从国民党高级将领黄显声那里得到的消息写在纸条上，秘密传给难友，被称为"狱中挺进报"。1949 年 10 月，新中国成立的消息传到监狱时，他和难友们抑制不住激动的心情，亲手缝制了一面五星红旗。10 月 28 日，陈然被国民党特务杀害于重庆渣滓洞附近的大坪刑场，年仅 26 岁。

这首诗是陈然在白公馆监狱中面对敌人的严刑拷打和死亡威胁留下的著名诗篇。作者用诗歌的形式表达自己坚定的革命志向，展示了共产党人用生命和鲜血铸就的信念与忠诚。1948 年 4 月 22 日，由于叛徒的出卖，陈然被国民党特务逮捕。在狱中，陈然受尽种种酷刑，始终只承认《挺进报》从编辑、印刷到发行，全部是他一人所为。他决心牺牲自己，保护组织和同志们，敌人用威胁利诱的办法要他写"自白书"，陈然拿起笔，写下了这首惊天动地的诗篇——《我的"自白"书》。诗中，陈然豪迈地吟唱："人，不能低下高贵的头，/只有怕死鬼才乞求'自由'；/毒刑拷打算得了什么？/死亡也无法叫我开口！/对着死亡我放声大笑，/魔鬼的宫殿在笑声中动摇；/这就是我——一个共产党员的'自白'，/高唱凯歌埋葬蒋家王朝。"就义前，陈然将诗的主题内容告诉狱友，狱友脱险后，便整理写成了《我的"自白"书》这首用生命和信仰铸就的铮铮诗篇。10 月 28 日，陈然英勇就义，牺牲前他用自己的生命履行了对党的誓言。几十年来，这首充满浩然正气的《我的"自白"书》，早已是广为流传的不朽诗篇。不仅被收入沪教版五年级课本语文下册，还于 2019 年被拍成视频节目，收入由中央党史和文献研究院、中央"不忘初心、牢记使命"主题教育领导小组办公室、国家广播电视总局联合制作的微纪录片《见证初心和使命的"十一书"》。今天，奔腾的长江与嘉陵江依然川流不息，经过岁月的淬炼，陈然烈士的精神和风采更加璀璨夺目，激励着无数后来者继续大踏步向前进。

阅读
感悟

对当年建党有关问题的具复

——李达^① 致上海革命历史纪念馆（1954 年 2 月 23 日）^②

✉ 书信原文

上海革命历史纪念馆负责同志：

接读你馆一月廿二日革字第 0228 号来函，承询当年党中央工作部地址和党第二次代表大会开会地点问题，具复如下：

一、一九二〇年夏季，中国共产党（不是共产主义小组）在上海发起以后，经常地在老渔阳里二号新青年社内开会，到会的人数，包括国际代表威丁斯克^③（译名吴廷康）在内，约有七八人，讨论的项目是党的工作和工人运动问题（当时在杨树浦组织了一个机器工会）。十一月间，书记陈独秀应孙中山之邀，前往广东做教育厅长，书记的职务交李汉俊代理。不久，威丁斯克也回到莫斯科去了。后来李汉俊因与陈独秀往来通信，谈到党的组织采取中央集权或地方分权问题，两人意见发生冲突（陈主张中央集权，李主张地方分权），愤而辞去代理书记的职务，交由李达代理书记。但党的集会，一直是在老渔阳里二号举行的。

一九二一年七月，党成立代表大会开会以后，成立了中央工作部^④，推举陈独秀、李达、张国焘组成。陈独秀任书记，李达任宣传主任，张国焘任组织主任（此时所说的组织，是指工人的组织说的）。九月间，陈独秀辞去广东教育厅长，回到上海专任党中央书记，他住在老渔阳里

241

二号（他的家是住在楼上的）。中央工作部只有三人，别无办事人员。三人的聚会很简单，在九月至十一月这三个月内，经常讨论向国际代表马林和尼可洛夫（他们住在英租界）汇报工作的问题。十二月间，马林和尼可洛夫回莫斯科去了。一九二二年一月间，张国焘在北成都路靠街的一座单幢房屋内所成立的中国劳动组合书记部，因为受到英捕房的查询，立即把中国劳动组合书记部的招牌取下，遣散其中的几个办事人员，他自己溜到北京，要邓中夏同志在北京主办中国劳动组合书记部。于是张国焘就到莫斯科去了。这时候，中央工作部，只剩下陈独秀和李达两人。两人聚会很便利，有时在陈独秀寓所商谈，有时在李达寓所商谈。

李达一直住在南成都路辅德里 625 号，他主编《中国共产党》月刊⑤和人民出版社丛书。各地组织的信件都寄到这里，各地同志的接洽也先到这里。陈独秀经常来到这里取阅各项文件。

一九二二年一月下旬，法租界巡捕房到老渔阳里二号把陈独秀捕去了。为了设法营救，我曾通报各地的组织派人到上海来。我记得张太雷同志为了此事，特从北京赶来上海，我们曾电请广州的孙中山设法营救，后来孙中山打了电报给上海法租界的领事，将陈独秀释放了。陈独秀出狱的那一天，我们曾雇了汽车到法国会审公廨去迎接。我记得前一年秋天派往莫斯科的青年团员中，有两三人这时回到了上海，在欢迎陈独秀出来的时候，还曾用俄语唱了国际歌。

陈独秀出狱以后仍住在老渔阳里二号，他被拘留的期间不过二星期，他的寓所并没有党的文件（文件都在辅德里 625 号），所以他在原寓所还住了一个多月。四月间，他一个人曾在南成都路靠马路的住房中，租了楼上一间统厢房住下，我曾去过这地方。他在这里也只住了一个月，五月间，他又搬到上海县地界住下，他的住址并不曾通知我，每隔三五日到我的寓所来处理一些信件。他在上海县地界的寓所，只有一个名叫李启汉的同志知道，因为李启汉在上海县地界无意中遇到了陈独秀，才进到他的寓所去，据说有一个年轻的女子和陈独秀同住着。

从一九二一年七月到一九二二年六月，中央工作部只有三个人，以后只有二个人，此外并无工作人员。只有宣传工作方面雇了一个工人做包装书籍和寄递书籍的工作。中央工作部除了出版《新青年》、《共产党》月刊和人民出版社的书籍以外，就是阅看各地组织的文件，并给以适当的指示。中央直辖的上海的党组，党员人数很少，常留上海的当时只有沈雁冰、沈泽民、邵力子、李启汉、李中、高语罕（在平民女校教书，不久也离开上海）等人。而李汉俊、陈望道已经脱离组织了。上海方面的工运，只有杨树浦的机器工会（李中主持）和小沙渡的工人夜校（李启汉主办）。工人运动比较有成绩的地方，是京汉铁路的长辛店，郑州和汉口江岸，其次是长沙、安源、唐山和广州，所以当时的中央工作部的工作是很简单的。

由以上所述看来，我们把第一次代表大会以后成立的中央工作部，确定为老渔阳里二号，是合乎实际的。

二、关于党第二次代表大会开会地点问题，我曾对胡乔木同志说过，开会地点是在上海，不在西湖。听说中央方面已经改进了。第二次代表大会（到会代表约十五六人），一共开了三天的大会，是在英租界南成都路附近的三处地方举行的。第一天大会是在南成都路辅德里625号举行的，第二、第三两天的大会，是分别在另一个地方举行的，里街和门牌号码我记不得了，但都在英租界，这是千真万确的。分组讨论时，我和蔡和森同志、张国焘三人同属于一个小组，我是召集人，这小组会是在辅德里625号开会的。我还记得，这次小组开会所作的结论，张国焘同意的，但是等到把小组讨论的结论向大会汇报时，张国焘忽就对我们的结论提出批评。我当时质问张国焘说：我们小组的结论，是你同意了的，为什么在大会上提出批评呢？他答说："那天小组讨论时，我不曾细想过。"张国焘阴谋诡诈，我对他很不满，他所以借这个机会在大会上打击我。"打倒你，我起来"，这是他的秘诀。他以后叛党做特务，就从这个时候发芽的。我从第一次代表大会的时候起，早已确定他是一个坏蛋。

结论是：党的第二次代表大会，确实是在上海召开的。

三、以上两个问题，是我对党负责的答复。此外还值得一提的，是最初创办的社会主义青年团的地址，即新渔阳里六号二上二下的房子，是可以纪念的。一九二〇年夏间，内地有许多青年脱离了家庭，离开了学校，去到上海找《新青年》社的陈独秀和《民国日报》觉悟栏编者邵力子。党在上海发起以后，决定成立社会主义青年团，并租定新渔阳里六号作为容纳那些青年的处所，并介绍他们加入社会主义青年团（简称S.Y.），派俞秀松同志（党的发起人之一）负责主持。这些青年大约有二十人（罗亦农同志在内，他当时叫罗觉）。在这幢房子外，还挂上了"外国语学社"的招牌，请国际代表威丁斯克的夫人教俄文。我当时曾在那里学习过（只学了俄文字母）。

一九二一年七月党成立代表大会以后，曾选派十来名团员送往莫斯科（俞秀松同志、罗亦农同志都去了），另外有些团员回到内地工作去了，新渔阳里六号的房子才退租。我想，现在的新民主主义青年团，是可以要这个房子做纪念的。

还有，辅德里625号的房子，作为人民出版社的纪念馆，似乎也是可以的。

以上是就我的记忆所及写出来的，但都是真实的。嗣后，同志们如发现了新的问题，请以见告，我当就我所知的具复。专致

敬礼。

李达　一九五四年二月廿三日

⭐ **注释和品读**

① 李达（1890—1966），湖南零陵人，中共一大代表，1920 年参加上海共产主义小组，主编《共产党》月刊。曾任湖南大学、武汉大学校

长，中国哲学学会会长，中共八大代表等职。

② 这封信是 1954 年 2 月 23 日李达给上海革命历史纪念馆筹备处的复信。该信曾以"关于中国共产党建立的几个问题"为题，摘要发表于中国社会科学院现代史研究室、中国革命博物馆党史研究室选编的《"一大"前后——中国共产党第一次代表大会前后资料选编（二）》。

③ 威丁斯克即维经斯基。

④ 党的一大后成立了中央局。李达这里讲的中央工作部，似即中央局。

⑤《中国共产党》月刊，应为《共产党》月刊。

阅读
感悟

对一大二大参会代表和召开时间等
有关事宜的逐条答复

——李达致中央档案馆（1959 年 9 月）

 书信原文

中央档案馆办公室负责同志：

你室八月八日写来的信，早已由武汉转来了，因我在病中，没有及时答复，很抱歉！

现在就所能记忆的，逐条答复如下：

一、一大代表人数是十二人，为上海李汉俊、李达，北京张国焘、刘仁静，济南王烬美、邓恩铭，武汉董必武、陈潭秋，长沙毛泽东、何叔衡，广东陈公博，东京周佛海，共十二人。第三国际代表：马林① 和尼可洛夫②。包惠僧不是代表，是列席的（因他当时也到了上海，住在上海代表寓所）。

二、一大选举陈独秀为书记，张国焘为组织（工会的）主任，李达为宣传主任，组成了中央工作部。当时陈独秀在广东，没有回到上海，在他回上海以前推周佛海代理书记。

此外，并没有推选杨明斋和刘仁静为宣传部副部长，也没有选举周佛海、李大钊等为候补委员，当时并没有中央委员会、委员及候补委员等名称。

苏联中央档案中关于一大的材料，是不确实的。

三、一大没有通过党纲和党章，只通过一个中国共产党第一次代表大会宣言，还通过了很简单的工人运动计划和宣传计划。

此外，也曾讨论共产党是否加入资产阶级国会的问题，没有作出决定。

这些文件，以后都交给了陈独秀，没有下文。

四、一大以前，在上海所发起的是中国共产党，并不是共产主义小组，上海共产党的发起组，只选了书记一人，由陈独秀担任，曾起草了一个中国共产党简章草案，并没有组织别的什么机构，也没有组织临时中央。发起之后，分别通知北京李大钊在北京组党；李汉俊在武汉组党；毛泽东在长沙组党；谭平山在广州组党；施存统在东京组党；王乐平在济南组党（王乐平本人不愿参加，只通知其弟王烬美发起组织）。截至一九二一年五月为止，共有七个发起组织，名称都叫中国共产党。又当时由陈独秀通知巴黎的朋友组织中国共产党，但当时并没有联系，故一大开会没有代表出席。可以说上海是第一个发起组，但各地发起组不能称为支部。所谓上海成立临时中央及各地成立支部之说，不确。

一九二〇年十一月七日创刊的秘密刊物就叫《共产党月刊》，就是证据。

一大到二大期间，国内就只有上海、广州等六地有党的组织。此外，由组织派送莫斯科学习的青年团员，他们在莫斯科入党，组织了党组织。

五、一大开会的具体时间，是七月一日。

六、二大开会时，各地党员人数有增加，约八十人左右，开会时间是一九二二年六月下旬，大约开了一个星期，开会地点在上海，第一次会议在上海南成都路辅德里625号。第二次代表大会的宣言，是七月一日印的，中央宣传部党史资料室曾有一本。

七、二大代表，共有十五六人。代表的具体名单，我记不得了。我所记得的有陈独秀、张国焘、蔡和森、我。但确实记得，毛泽东、谭平山、杨明斋没有参加。

八、二大选出的中央委员是几人，我已忘记。苏联档案中，关于二大第一届中委的名单，不可靠。但我确实记得：毛泽东、李大钊、李达、夏曦、李汉俊（二大闭幕后他已脱党），都不是中央委员。二大闭幕后，我本人即应毛泽东同志（之约）到长沙去办自修大学去了，因而当时中央委员是哪些人，如何分工的，均记不得了。

1959 年 9 月

⭐ 注释和品读

① 马林，亨德利库斯·约瑟夫斯·弗朗西乌斯·玛丽·斯内夫利特，笔名马林，荷兰共产主义者。1920 年，马林作为印尼共产党代表前往莫斯科出席共产国际第二次大会，当选为共产国际执行委员和民族殖民地问题委员会书记。中共一大共产国际代表。

② 尼可洛夫，也译为尼克尔斯基，俄国共产主义者。1921 年 6 月，受共产国际远东书记处派遣，接替维经斯基在华工作，赴上海了解中国共产党的筹备工作。中共一大共产国际代表。

阅读
感悟

调查一个最坏的生产队
调查一个最好的生产队

——毛泽东致田家英（1961 年 1 月 20 日）

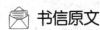 **书信原文**

田家英同志：

（一）《调查工作》① 这篇文章，请你分送陈伯达、胡乔木各一份，注上我请他们修改的话（文字上，内容上）。

（二）已告陈、胡②，和你一样，各带一个调查组，共三个组，每组组员六人，连组长共七人，组长为陈、胡、田。在今、明、后三天组成。每个人都要是高级水平的，低级的不要。每人发《调查工作》(1930 年春季的) 一份，讨论一下。

（三）你去浙江，胡去湖南，陈去广东。去搞农村。六个组员分成两个小组，一人为组长，二人为组员。陈、胡、田为大组长。一个小组（三人）调查一个最坏的生产队，另一个小组调查一个最好的生产队。中间队不要搞。时间十天至十五天。然后去广东，三组同去，与我会合，向我作报告。然后，转入广州市作调查，调查工业又要有一个月，连前共两个月。都到广东过春节。

毛 泽 东

一月二十日下午四时

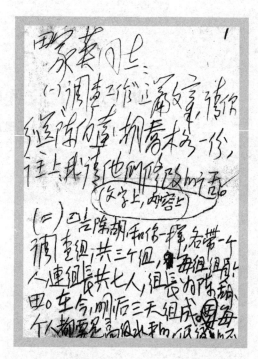

毛泽东致田家英（1961 年 1 月 20 日）—1

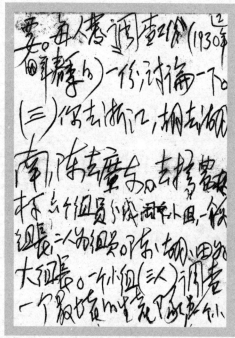

毛泽东致田家英（1961 年 1 月 20 日）—2

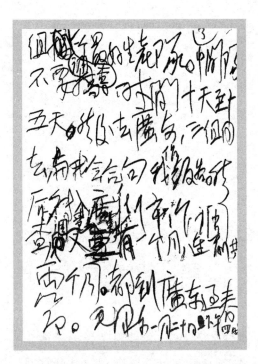

毛泽东致田家英（1961 年 1 月 20 日）—3

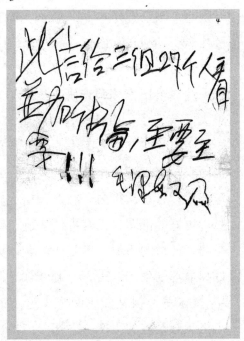

毛泽东致田家英（1961 年 1 月 20 日）—4

此信给三组二十一个人看并加讨论，至要至要！！！

毛泽东又及

⭐ 注释和品读

①《调查工作》，即《调查研究》，是毛泽东 1930 年 5 月写的一篇关于调查研究的文章。1964 年收入《毛泽东著作选读》时，将原题《调查研究》改为《反对本本主义》。

② 陈、胡，指陈伯达、胡乔木。

这是 1961 年 1 月 20 日毛泽东同志给田家英写的一封信。信中，毛泽东同志向田家英等有关同志布置了去农村开展调查研究的任务，同时阐明了调查研究的工作方法。选自《毛泽东书信选集》，中央文献出版社 2003 年 11 月出版。

在这封信中，毛泽东根据当时深入开展农村调查研究的紧迫性，手把手地教给田家英调查研究的工作方法。信的内容非常简短，却具有很大的信息量，而且蕴含着一整套务实管用的调查研究工作方法。文中传递出的调查研究工作方法主要有 5 个方面：一是明确调研任务。就是到农村深入调查生产队的情况。二是建立高素质调研团队。人是关键要素，打仗靠得力干将，调研也要靠高素质的人马。没有得力的人员，再好的部署也没有办法实施。毛泽东要求调研成员都要是高级水平的，低级的不要。三是明确调研方式。他要求组成三个调研组到最好和最坏的生产队去，分赴浙江、湖南、广东三省开展调研，每组 7 人；要求每个组又分成两个小组，一个小组调查最好的生产队，一个小组调查最差的生产队。还专门提出，不要调研中间生产队。这是阐明了调查研究应该注意的覆盖面，指出了调研应该针对的重点对象。四是确定合适的调研时间。建议每个小组在当地驻扎调查 10 至 15 天。这是一项比较深入的农村调研工作需要的基本时间单元，如此，才能避免走马观花，看个皮毛。五是集中汇报交流以掌握总体情况。要求三组到广东会合，集中交流了解到的真实情况，综合最好的生产队、最坏的生产队的情况进行分析，以对全局有个总的把握。在开展调查之前，毛泽东同志还部署整个调查队 21 个人都要通读一篇叫《调查工作》（即《调查研究》）的文章。这就是让大家学习掌握调查研究的本领。

这封信反映了毛泽东对干部的悉心教育和认真指导，同时也呈现出了毛泽东开展调查研究的清晰、务实工作思路。在这个思路的背后，是毛泽东当年亲自在湖南、江西、福建等地进行实地调研的工作方法，也是他广泛深入了解中国实际的工作经历、工作经验。这种对事业高度热爱、对工作高度负责的精神，恰恰是今天我们阅读这封信时能够超越简短信文获得的更高感受。客观地说，毛泽东之所以能够真切了解中国实际，之所以能够领导中国共产党从小到大、由弱到强，其中一个重要的原因就是他善于开展实事求是的调查研究，善于从千头万绪、纷繁复杂的表象中找到事物的内在实质。应该说，毛泽东的调查研究方法至今仍然科学有效。

在党的十九届一中全会上，习近平总书记突出强调全党要大兴调查研究之风，指出：正确的决策离不开调查研究，正确的贯彻落实同样也离不开调查研究。当前，各地党员领导干部围绕如何深入贯彻落实党的十九大精神开展调研时，仍然要学习运用毛泽东的调查研究方法。调研组接到上级指派的调研任务后，就要根据实际安排调研线路，要选一些有代表性的地区，比如分别到东、中、西的不同省份，到北方地区和南方地区，到发达地区、中部地区和欠发达地区开展调查研究。到农村调研，也提倡要驻点蹲点，开展访谈座谈，深入田间地头查看实情，掌握真实情况，获得科学决策的参考资料。其中，就包含有组织调研队伍、选择调研地点、规划调研时间、设计调研路线、准备调研提纲等。这些安排，毛泽东的这封信都扼要地作了强调。真正读懂弄通这封信，对于打好调查研究的基本功很有帮助。

阅读
感悟

主要参考文献

1.《毛泽东书信选集》，中央文献出版社 2003 年 11 月出版。

2.《周恩来书信选集》，中央文献出版社 1988 年 1 月出版。

3.《老一代革命家家书选》，中央文献出版社 1990 年 2 月出版。

4.《红书简》，中央文献研究室、中央档案馆编，山西人民出版社 2001 年 9 月出版。

5.《红色家书》，党建读物出版社 2016 年 10 月出版。

6.《中国共产党的九十年》，中央党史研究室编，中共党史出版社、党建读物出版社 2016 年 6 月出版。

7.《中共元勋家书品读（历史回眸）》，唐洲雁、李扬编著，中国人民大学出版社 2013 年 1 月出版。

8.《方志敏全集》，中共江西省委党史研究室编，人民出版社 2012 年 6 月出版。

9.《左权家书》，左太北编，中共党史出版社 2014 年 8 月出版。

10.《初心——红色书信品读》，人民出版社 2018 年 4 月出版。

责任编辑：洪　琼

版式设计：顾杰珍

图书在版编目（CIP）数据

百年红色家书品读／《百年红色家书品读》编写组 编著 . — 北京：
　人民出版社，2021.3（2025.10重印）

ISBN 978 - 7 - 01 - 023174 - 7

I. ①百… 　 II. ①百… 　 III. ①书信集 – 中国 – 现代 　 IV. ① I266.5

中国版本图书馆 CIP 数据核字（2021）第 030424 号

百年红色家书品读

BAINIAN HONGSE JIASHU PINDU

《百年红色家书品读》编写组　编著

人民出版社 出版发行

（100706　北京市东城区隆福寺街 99 号）

环球东方（北京）印务有限公司印刷　新华书店经销

2021 年 3 月第 1 版　2025 年 10 月北京第 15 次印刷

开本：710 毫米 × 1000 毫米 1/16　印张：17.25

字数：250 千字

ISBN 978 - 7 - 01 - 023174 - 7　定价：59.00 元

邮购地址 100706　北京市东城区隆福寺街 99 号

人民东方图书销售中心　电话（010）65250042　65289539